अभिमन्यु नहीं मरेगा

[कहानी संग्रह]

अभिमन्यु नहीं मरेगा

हरभजन सिंह मेहरोत्रा

*in association with JVP Publication Pvt. Ltd.

प्रलेक प्रकाशन का लोगो विश्वप्रसिद्ध महान चित्रकार **मिकी पटेल** ने बनाया है।

ISBN : 978-81-946472-5-6

पहला पेपरबैक संस्करण : 2020

प्रकाशक :
प्रलेक प्रकाशन प्राइवेट लिमिटेड
PRALEK PRAKASHAN PVT. LTD.

वितरक :
जेवीपी पब्लिकेशन प्राइवेट लिमिटेड
JVP PUBLICATION PVT. LTD.
602, आई-3, ग्लोबल सिटी
विरार (वेस्ट), मुम्बई, महाराष्ट्र-401303
दूरभाष : 9833402902 / 7021263557
Email : pralek.prakashan@gmail.com
Website : www.pralekprakashan.com

अभिमन्यु नहीं मरेगा : हरभजन सिंह मेहरोत्रा
Abhimanyu nahin marega : *Stories* of Harbhajan Sing Mehrotra

आवरण : जेवीपी पब्लिकेशन प्रा.लि.

पुस्तक सज्जा : जेवीपी पब्लिकेशन प्रा.लि.

पचास साल की दोस्ती को सलाम
अपने मित्र अनिल कुमार माथुर
के लिए

संवाद

निसन्देह मेरे लिये हर्ष का विषय है कि आपसे रुबरु होने का अवसर मिला है। प्रस्तुत कहानी संग्रह अभिमन्यु नही मरेगा मेरी इधर तीन-चार वर्षों की कहानियां हैं जो देश की विभिन्न स्तरीय पत्रिकाओं मे प्रकाशित हो चुकी हैं। तत्पश्चात इन्हें एक पुस्तक के रुप संग्रहीत करने का मौका प्रलेक प्रकाशन के माध्यम से मुझे प्राप्त हुआ। मैं श्री जितेन्द्र पातरो जी का बेहद आभारी हूं जिन्होंने मुझे आपके नजदीक आने का अवसर प्रदान किया। यह बहुत ही मिलनसार, विनम्र इंसान ही नही वरन् बहुत अच्छे लेखक व संवेदनशील कवि भी हैं। चूंकि जितेन्द्र जी एक प्रकाशक भी हैं साथ ही साहित्यकार लिहाजा लेखक की रचनाओं का मूल्यांकन सही ढंग से हो जाता है। लेखक भी एक सन्तुष्टि महसूस करता है।

प्रस्तुत कहानी संग्रह मे तेरह कहानियां ली गई हैं। जिसमें पहली कहानी पुस्तक के शीर्षक नाम अभिमन्यु नहीं मरेगा है। यह भावनाओं के रणक्षेत्र में विचारों के टकराव की एक कहानी है। मुझे लगता है पाठक इसे जरूर पसन्द करेंगे।

दूसरी कहानी कापी पेन्सिल मां की ममता और बाल मनोविज्ञान की कहानी है। एक मजदूर का बच्चा गुदड़ी मे लाल पढ़ने लिखने में होशियार लेकिन घर परिवार के सीमित साधन बच्चे को पढ़ने की इजाजत नही देते पर मां की वात्सल्यता रोशनी बन कर बच्चे के मार्ग में पड़ने वाली मुश्किलातों को दूर करने के लिए उसकी राह प्रशस्त करने के प्रयास में लगी रहती है। यह हमारे देश का

दुर्भाग्य है कि हजारों होनहारों को अवसर न मिलने के कारण अपना बेहतर न दिखा पाने से वंचित रह जाना पड़ता है।

अगली कड़ी में ओमा आती है जिसने अपनी समूची जिन्दगी अपने छोटे भाई के सुख के लिये बर्बाद कर दी। अन्त में भाई की तरफ से उसे क्या सिला मिला यह कहानी पढ़ कर आपको मालुम पड़ेगा।

जोगिया से प्रीति कियां दुख होई एक अनूठे प्रेम को दर्शाती एक लड़की की मार्मिक कहानी है जो अपना घर-परिवार, सुख-वैभव सब छोड़ कर उस इंसान के मोह मे अपने को रंग लेती है जिसका वास्तव में कोई अस्तित्व ही नही है। यह कहानी प्रेम कहानियों में मेरा एक प्रयोग भी है। अब सफल हुआ हूं या असफल इसका फैसला आप पर है।

कौन जाने पीर पराई की कहानी हर आम परिवारों में घटित होती दिखती है। जिनकी बेटियां होती हैं उनकी यह त्रासदी है जो लड़के वालों की अनचाही मांगों, ज्यादितियों और प्रताड़नाओं को सहने के लिए बेबस और मजबूर हैं। बेटी वालों की इसी पीड़ा को दिखाने का प्रयास किया है, मैंने।

खुदगर्ज एक व्यक्ति की अपंग मानसिकता को दर्शाती कहानी है जिसके सामने अपने स्वार्थ के चलते रिश्तों की कोई अहमियत नहीं है।

मजमा एक ऐसे तबके की कहानी है जो गली-मुहल्लों मे अपना तमाशा दिखाते फिरते हैं। ऐसे ही एक मदारी दम्पत्ति समाज के तौर-तरीकों को देखते और शिक्षा के महत्व को समझते अपनी इकलौती संतान नन्हे को अपने पुश्तैनी धन्धे से दूर पढ़ने के लिए भेजता है। लेकिन नट की उसकी ख्वाइशों की पूर्ति में होने वाली ज़द्दोज़हद को उसका वही बेटा नासूर देकर अपनी अलग राह चल पड़ता है।

प्रीत न जाने कोये नासमझी में बनाये गये रिश्तों की टूटन का एक विस्तृत स्वरूप है। जो चाहे-अनचाहे सम्बन्धों की आड़ में एक धोखा ही साबित होता है। हर वर्ग के लिए इस तरह के किरदार एक सबक हैं।

साहिब जानवरों के प्रति प्रेम, सद्भाव, करुणा और जागरुकता के भावों को दर्शाती एक कहानी है। मैंने इस तरह की कहानी इसलिये लिखी या जरूरत समझी कि हम लोगों में से ऐसे कई लोग हैं जो अपने पालतू जानवरों के

लिए बेहद निर्मम हैं। मुझे एक घटना याद आरही है कि किसी परिवार ने एक कुत्ता पाल रखा था। एक दिन वे सपरिवार कुत्ते को घर पर अकेला छोड़ कर शहर के बाहर चले गये। एक-आध दिन तक तो कुत्ता भूख सह गया लेकिन समय बीतने पर भूख की पीड़ा न सह सकने से तड़पने-रोने लगा। उसकी कारुणिक आवाज सुन कर पड़ोसियों ने खाने की सामग्री दीवार के ऊपर से अन्दर फेंकी। शायद अकेलेपन की दहशत से कुत्ते ने कुछ भी नहीं खाया और कुछ दिन बाद भूखा-प्यासा तड़प कर मर गया। मालिक के वापिस आने पर पड़ोसियों ने उन्हें कुत्ते के बारे में जब कहा तो कुत्ते का मालिक पड़ोसियों से लड़ पड़। इत्तफाक से मेरे घर पर भी एक कुत्ता है। ठीक ऐसी स्थिति हम लोग के साथ भी आई थी। हमारा कुत्ता बहुत ही टिपीकल किस्म का कुत्ता है वह किसी भी अजनबी को बर्दाश्त नहीं करता फिर वो नई जगह पर कैसे रहे। मेरा एक मित्र है अनिल माथुर उसे हमारा कुत्ता अच्छे से पहचानता है। अनिल सोनभद्र में रहता था। मैंने उससे प्रार्थना की। यदि वह तीन चार दिन के लिए कानपुर हमारे घर आकर कुत्ते की देखभाल कर सके तो बराए मेहरबानी मैं उसका एहसान कभी नहीं भूलूंगा। बहरहाल अनिल ने आकर हमारे हैवन की देखभाल की। मैंने विषयान्तर कर दिया खैर मै कहनियों पर वापिस आता हूं।

अगली कहानी संझा है। संझा से मेरा मतलब इंसान के जीवन की शाम बेला से है। ऐसा ही एक बुजुर्ग जोड़ा है जिसे उनके बच्चे जब मन हुआ घर में रखवाली के लिये छोड़ कर स्वयं घूमने-फिरने बाहर चले जाते हैं। उनके मन को अथवा उनके दर्द को हम लोग समझने की कोशिश नहीं करते।

आदमी जीवन में जब अकेला पड़ जाता है तो उसके मन में अक्सर मौत का भय समा जाता है उस दहशत को ऐसे लोगों की मानसिकता से जोड़ कर एक सच यह भी की रचना मैने की है। यह भी मेरी एक प्रयोगात्मक कहानी है।

स्वप्नहंता टूटते-बिगड़ते दाम्पत्य जीवन का एक कोलॉज है। कुछ अलग हट कर दिखाने की कोशिश की है। कहां तक सफल हुआ हूं इसका फैसला तो आप पर निर्भर है।

तुम वो नहीं ऐसे आदमियों की कहानी है जो स्त्री के सहज-सुलभ व्यक्तित्व

और बिन्दास व्यवहार को देख कर गलत अर्थ निकाल लेते हैं। ठीक इसी तरह की घटना मेरे मित्र के साथ घटी थी जिसे मैंने शब्दों का जामा पहना दिया।

मेरा इस संग्रह को तैयार करने का यही मकसद था कि जीवन के कुछ विशेष रंगों को दर्शाती यह कहानियां आप तक पहुंचा सकूं। एक प्रयास किया है। कहां तक सफल हुआ हूं इसका फैसला तो आपको करना है। हां जिस तरह से आपने पिछली पुस्तकों को सराह और स्नेह दिया है वही अपनत्व भरा प्यार अभिमन्यु नहीं मरेगा को भी दें। इसी आशा के साथ...। आपका शुभ हो।

18 जून 2020, वीरवार

हरभजन सिंह मेहरोत्रा

क्रम

अभिमन्यु नहीं मरेगा

गाड़ी अपनी रफ्तार पकड़ चुकी थी। लेकिन शर्मिष्ठा को देखकर लग रहा था जैसे वह अभी तक वहीं खड़ी है। चेहरा भी भावशून्य और निर्विकार-सा लग रहा था। उसकी हालत पर मुझे बेहद तरस आया। जैसे सब कुछ हार कर वापिस पवेलियन की ओर लौट रहा हो, कोई खिलाड़ी। वैसे ही स्थिति इस समय उसकी हो रही थी। सच ही तो है। अंकित यकायक उससे दूर चला गया है।

सच बात तो यह है कि जो काम मुझसे नहीं हो पाया था, उसे अंकित ने पूरा कर दिया था। अंकित के शब्द जस के तस मेरे कानों में गूंज रहे है। लेकिन इस एहसास के साथ कि उसके बारे में निर्णय लेने का, मुझे कौन-सा हक बनता है। हालांकि सच तो यह है कि हक़ जैसा शब्द उस समय मेरे ख्वाबों-ख्यालों में भी नहीं आया था। बस शर्मिष्ठा की बात सुनकर, मैनें अंकित के लिए अपना दो टूक फैसला उसे सुना दिया था जबकि अन्तर में शर्मिष्ठा के लिए कटुता और विषाद के साथ-साथ अंकित को अपने से दूर करने की पीड़ा भी ज्वार की मानिन्द अन्दर ही अन्दर उठी थी। मुझे, अब इस बात पर भी ताज्जुब हो रहा था कि, मैं शर्मिष्ठा के आने से पहले किस तरह से उद्विग्न हुआ पड़ा था। बेसब्रा और इमोशनल। कैसे उसके आने के पहले की एक-एक ध्वनि, आहटें या फिर सावित्री की किसी न किसी से हो रही बातें मुझे बार-बार शर्मिष्ठा के होने का भुलावा देती रही थी। जैसे कि घण्टी का बजना और लपक कर सीढ़ियों तक आना, फिर हताशा से वापिस लौट जाना।

इस बार भी घण्टी बजी थी। अपनी पूरी कर्कशता के साथ और मैं लपकते हुए कमरे से निकलकर सीढ़ियों के पास जाकर खड़ा हो गया था।

बेनिस्टर को थामें हालनुमा कमरे तक जाती सीढ़ियों से होते हुए नजरें दरवाजे तक गई थी। सावित्री दरवाजा खोल रही थी और धोबी का लड़का कपड़ो की गठरी लिए अन्दर नमुदार हुआ था। उसे देखकर अंतर में छा गई मायूसी सयत्न पीछे धकेलते हुए अनायास ही नजरें जब नीचे खुली खिड़की की तरफ गई। शर्मिष्ठा तेज कदमों से सामने की गली से आ रही थी। कुछ इस तरह से जैसे पहले कभी बाजार से लौट कर आ रही हो। थकी-मांदी और मैं लपकते हुए नीचे पहुंचकर उसके हाथों से सामानों के पैकेट्स लेता था और उसके सूखे ओंठों पर शिथिलिता के दरींचों से मुस्कुराहट निकल कर चेहरे में फैल जाती, "ओफ अभि...! बहुत थक गई हूं...प्लीज गर्मागर्म चाय मिल जाये।" अंदर आते हुए वह मुनहार भरे शब्दों में कहती और मैं धीरे से सिर झटक दिया करता।

शपिंग का जितना उसे शौक था, उतना मैं चूज़ी। मेरी इस आदत को जानकर शुरू के वैवाहिक दिनों को छोड़ शेष जितने भी दिनो तक हम साथ रहे वह अकेले ही, वक्त जरूरत पर बाजार जाती। लेकिन मुझे कुछ न कहती। अंकित के होने के समय इस रूटीन में जरूर परिवर्तन हुआ था कि रोजमर्रा की चीजो के लिए मैं या घर में लगी महरी यह काम कर दिया करती थी। और दोबारा यह सिलसिला कभी शुरू हुआ तो इसका इतना ध्यान मुझे नही रहा। क्योकि बाद के दिनो में जिन मानसिक यन्त्रणाओ से मैं गुजरा उससे उबर पाने की फुर्सत भी मुझमें नही थी कि जान सकता कि घर की चहारदिवारी के भीतर किसी किस्म की गतिविधियां चहल-कदमी कर रही है। किसी खामोशी भरे तूफान को आमन्त्रण देती-सी।

बहरहाल मै चाहते हुए भी नीचे नहीं जा सका था। फिर उसके हाथ भी खाली थे। शायद सामान क्लॉक रूम में छोड़ आयी होगी। सोचते हुए मैं वापिस अपने शयन कक्ष में आ गया था।

अचानक ही दृष्टि शो केस पर चली गई थी। पदको के जंगल में शर्मिष्ठा की फ्रेम जड़ित तस्वीर अहिल्या के बुत की तरह लग रही थी।

सुबह सवेरे उठकर खुद पूरा शो केस साफ किया है। और सब कुछ

तरतीब से लगाया है। यह तमाम पदक जो हासिल हुए है। मेरे ट्रेनिंग पीरियड के दौरान के है। हां, जो तमगे सितारे कभी मेरे मां-बाप ने पासिंग आऊट परेड के दौरान मेरे सीने में लगाये थे वो तक मेरे साथ रहे नही। मेरी आंखों के आगे लेफ्टीनेन्ट रैंक के सितारे टांगते मेरे मां-बाप के चेहरे घूम गये। कैसे हर्षित और प्रफुल्लता उनके चेहरों पर आलोकित हो रही थी। फिर फौज में तो ऐसा कोई काम अंजाम नहीं कर पाया था कि जिसके एवज में विभूषित या सम्मानित किया जाता। कुल जमा पांच बरस की फौजी जिन्दगी, मेरे इतिहास के वे काले पृष्ठ है जिनके मोटे-मोटे हरफों में साफ-साफ लिखा है, एक सौ आठ कंपनी रेजीमेन्ट लेफ्टीनेन्ट अभियंकर बैस का कोर्ट मार्शल किया जात है। पैनल ऑफ जज के सम्मुख पेश करने से पहले मेरी वर्दी से चमकते सितारें नोच लिए गये थे। मेरी बेल्ट मुझसे अलग कर दी थी औंर मेरी टोपी मेरे सिर से खींच ली गई थी। अपमानित होने की हदें पार कर जाने की यातनाओं से गुजर कर जजों के सामने कुछ दलीलें पेश कर सकूं ऐसी स्थिति भी शेष नहीं रही थी, मेरी जो मेरी तहरीर को मजबूत बनाती लिहाजा मैनें मानवता या इंसानियत का पक्ष लेते हुए अपनी बात समाप्त की थी और तभी शर्मिष्ठा याद आयी थी। जेहन में यह ख्याल भी उभरा था कि जब उसे यह सब पता चलेगा तो निश्चित रूप से अपनी आत्मा को क्लेशा महसूस करेगी। अब, उस समय उसे वास्तव में मानसिक आघात पहुंचा था कि नहीं। अलबत्ता इस समय जरूर वह मानसिक यातना से गुजर रही थी। मुझे अंकित का याद आ गया था। तनी हुई भृकुटियां आंखों में झांकता आक्रोश। कितनी समानता थी अंकित ओर सुरेन्द्र के चेहरे में। जहां अंकित के चेहरे को देख शर्मिष्ठा आत्मग्लानि से भर गई थी वहीं मैनें सुरेन्द्र के लिए जो निर्णय लिया था उससे आत्म-तुष्टि महसूस की थी। हालांकि सुरेन्द्र को कैद से भगाने और शर्मिष्ठा को अंकित को ले जानें के फैसले में जमीन-आसमान का अन्तर था पर मुझे अंकित के लिए जो निर्णय मैनें ले लिया था उससे मैं अपने आपको बौना महसूस कर रहा था।

निश्चित रूप से सुरेन्द्र के लिए मेरा फैसला एक इंसानियत का तकाजा और मेरे आत्म-विश्वास का मेरे लिए एक प्रमाण पत्र था। वहीं अंकित को अपने से अलग करना मेरे निजस्वार्थ का तगमा बनकर मेरे सीने से लग गया। यही तो

चाहता था कि शर्मिष्ठा के सामने मैं अच्छा साबित हो जाऊंगा पर अंकित की भावानाओं को अनदेखा कर रहा था।

अनायास मुझे अपनी आंखें भीगी-सी लगीं और जेहन में कल की दोपहर फिर सामने आ गई जब शर्मिष्ठा सीढ़ियां चढ़ती आ रही थी। वैसे मैनें अपनी सांसें रोक रखी थी। उसकी चिर-परिचित पग ध्वनि को सुनने के लिए। सायास मुझे लगा था। मेरे अन्दर का कोई कोना भूचाल की तरह प्रकम्पित होने लगा है।

शर्मिष्ठा के चेहरे में दर्प और होठों में मुस्कान थी। जबकि मुझे अपना—आप यों लग रहा था जैसे आबनूसी रंग उतर आया है मेरे चेहरे पर और निरंतर इन्फियोरिटी काम्पलैक्स का शिकार होता चला जा रहा हूं।

फिर भी आमना-सामना होते ही अपने को सहज दिखने के लिए बातचीत का सिलसिला मैंने ही आरम्भ किया था, "कोई परेशानी तो नहीं हुई।" हालांकि सवाल की प्रासंगिकता कोई अहमियत नहीं रखती थी। फिर न जाने कैसे मुंह से निकल गया था, "सामान वगैरह।" लेकिन शीघ्र ही झेंप के आवरण से मुझे अपना चेहरा छिपाना पड़ गया था। लेकिन शर्मिष्ठा के जवाब से तो हद ही हो गई थी, "मैंने जरूरी नहीं समझा...! फिर कपड़े-लत्ते का जहां तक सवाल है वो तो मैं कुछ एक तो छोड़ ही गई थी। संभाल के रखे होंगे।" कहने के अन्दाज से ढिठाई थी। फिर चोर नजरों से उसने शयन कक्ष का जायजा लिया था। संभवत: उसे तीन वर्ष पूर्व छोड़े इस घर में, इस कमरे में तमाम परिवर्तन दिखें होंगे। क्योंकि मैं शिद्दत से उसकी चाह के बावजूद, उसकी निशानियों को इस घर से धों-पोंछ देना चाहता था। ताकि उसकी कोई याद मुझे हंट न कर सके।

हालांकि अपने-आपको दी जाने वाली यह झूठी तसल्लियां मुझे कुछ समय के लिए शर्मिष्ठा की याद से जरूर बरी कर देती थी। लेकिन पूरी तरह से उसे कभी नहीं भुला पाया था। तभी तों उसका फोन आने पर अपना विचार जाहिर करने में जरा भी देरी नहीं की थी।

लेकिन उसका यह कहना कि, "मैं आपको फोर्स नहीं कर रही...आप सोच कर बता सकते हैं।" कितना खोखला और बेदम था और शायद यह भी जताना चाहती होगी कि वह एक तरह से मुझ पर एहसान ही तो कर रही है। लेकिन यह मेरी फिजूल-सी सोच थी। एहसान तो मैं करने जा रहा था। अपनी ईगों की

आड़ में उसके ममत्व को प्राथमिकता देते हुए।

'आखिर वह एक मां है और उसकी मां का सबसे पहला हक बनता है अपने बच्चे पर...।' साथ ही मुझे सुरेन्द्र भी याद आया था। आगे बढ़कर मेरे पैर छूता हुआ। कृतज्ञता का ज्ञापन बना। मुझे मेरी नौकरी जाती दिखी थी। लेकिन जज्बातों के सामने कानून की अवहेलना कर अपनी होने वाली शिकस्त पर बेहद सकून भी मिला था।

मैं बा-सबूत तो नहीं पर अन्तरात्मा की आवाज से अभिभूत कह सकता हूं कि सुरेन्द्र निरीह और निर्दोष था। वह तो मात्र आतंकियों का रसोइया था जो खाना बनाने के अतिरिक्त उनका न सिर्फ सामान ढोता था बल्कि शारीरिक यातनाएं भी झेलता था। कितनी तकलीफ होती थी, उसे। चीखता या चिल्लाता था, रोता था। उसने मेरी तरफ पीठ करके निक्कर खोलते हुए आतंकियों की बर्बरता की कहानी लिखी दिखाई थी। मैं सिहर गया था। शायद खूनी इबारत ने मेरे अन्दर सुरेन्द्र के लिए एक सॉफ्ट कार्नर बना दिया था जबकि कैप्टन अरविन्द गोखले ने उसे एक मुठभेड़ में बन्दूक के साथ पकड़ा था।

सुरेन्द्र ने मुझे रोते हुए कहा था, "वो दो आखिरी में बचे थे मुझे राइफल पकड़ा कर उसे कैसे चलाना है सिखला कर पिछली खिड़की तोड़ भाग गये थे...।"

हालांकि पिछली खिड़की तोड़ कर भागने वालों को झाड़ियों में छिपे फौजियों ने भून डाला था।

"ठीक है...कल दोपहर की गाड़ी से पहुंच जाऊंगी...।" रिसीवर पर अन्तराल बाद गूंजती उसकी आवाज से मैं वापिस लौटा था। आगे भी कुछ बोली थी। शायद गाड़ी का नाम बताया हो। लेकिन यकायक अंतर में उठी दर्द की लहर को होंठ संभाल न सके और माऊथपीस से होते हुए मेरे कमजोर पड़ जाने की आहट उसे सुनाई न पड़ जाये, मैंने टेलीफोन का चोगा क्रैडिल पर रख दिया था।

लेकिन तीन बरस के अन्तराल के बाद शर्मिष्ठा का मुझसे पूछना कि "कैसे हो?" कितना बेमानी है। शायद औपाचारिकता ही रही हो उसकी भावना में । सहानुभूति या अपने पन की गन्ध तो बिल्कुल नहीं हो सकती।

पूरे कमरे का उसने जायजा लिया था और मैंने उसके चेहरे से म्लान घुला देखा था। सम्भवत: अपनी फोटो देख जरूर हैरानी हुई होगी। पर इस बारे में उसने कोई बात नही की थी।

"तुम नहाना चाहोगी...सफर की थकान भी...।" बात अधूरी छोड़ दी थी। "सावित्री को मैने सब समझा दिया है। अभी खाना तैयार करके डायनिंग टेबल में लगा देगी।"

"ये सावित्री...।" उसकी आंखों से स्त्री सुलभ ईर्श्या-सी दिखी थी।

"गवर्नर्स है...लेकिन अब तो पूरा घर संभाल रखा है। "

"अंकित तों अब बोर्डिंग में है न...ऽऽऽ ! ते क्या बाप को...! बेहयाई-सी हंसी तिर आयी थी, शर्मिष्ठा के चेहरे पर।

"अपने जैसा समझ रखा है...सबको...! चाह कर भी कह नही पाया था, मै। फिर अब रिश्ता ही कौन-सा रह गया है। उम्मीद का आखिरी चिराग़ अंकित को भी ले जाने के लिए आ गई है।

एकबारगी तो मन में आया था कि, मना कर दें...अंकित को देने के लिए आखिर उस समय इसकी मोह-ममता कहां मर गई थी जब दुधमुहे को छोड़ कर चली गई थी। दो बरस का था, अंकित उस समय। चुप्पी साध गया था और शर्मिष्ठा भी उठ कर बाथरूम की ओर चली गई थी।

पहाड़ी रास्तों से गुजरती रेलगाड़ी का इंजन इस वक्त ठीक हमारे डिब्बे के सामनें कुछ ऊंचाई पर रेंगता दिख रहा था।

'कितनी खुदगर्ज औरत है...! कसैला-सा घुलने लगा था, मेरे अन्दर। हालांकि उसके बाथरूम जाने के पश्चात् अकेला होते ही शर्मिष्ठा के बदन की ऊष्णता ने मन-मस्तिष्क में एक हलचल-सी मचा दी थी और क्षणांश के भी छोटे हिस्से में शर्मिष्ठा के, अन्तर में बासी पड़े रिश्ते की गंध को जगाने के बारे में सोच गया था, मैं।

'बड़ा काम्पलीकेटेड कैरेक्टर है...।' अनायास बड़बड़ाया मैं, कितनी बेशर्मी भरी है उसके अन्दर। कैसे कह रही थी अपने पति के सामने ही, कि हिमांशु के बगैर में नही रह सकती। यह ठीक है कि हमारे दरमियान पति-पत्नी का रिश्ता अब नही रहा। लेकिन उसे कम से कम मेरी फीलिंग्स को ध्यान में

रखते हुए ही कुछ कहना चाहिए था। लेकिन सेन्स कहां उसमे। जब एक बच्चे को मां की जरूरत थी, अपने 'दोस्त' की खतिर छोड़ कर चली गई थी। और अब, जब मां बनने के काबिल नही रही तो उसे अपना बच्चा याद आया है अंकित का मोह सता रहा है। उस पर तुर्रा यह कि हिमांशु भी सहमत है अंकित को अपने बेटे के रूप में स्वीकारने में । खैर यह तो हिमांशु की साफ दिली और अपनी मोहब्बत के लिए बलिदानी जनून की कार्यवाही दिखाई देती है जो कम से कम उसे एक अच्छे-भले इंसान के रूप में व्याख्यायित करती है लेकिन शर्मिष्ठा अपने-आपको कहां रखेगी।

यह ठीक है सघन जांचो के बाद डॉक्टरो ने कह दिया कि वह अब मां नहीं बन सकती। दरअसल अंकित होने के बाद उसके पेट में दर्द रहने लगा था। जांचों से पता चला था कि युटरस में कोई गांठ-सी बन गई है जिसे दवाईयों से गलाना पड़ेगा अथवा न ठीक होने की अवस्था में ऑपरेट करना पड़ेगा। खैर ऑपरेशन की आवश्यकता तो नहीं आयी क्योंकि डॉक्टरों ने गांठ को दवाईयों से गला दिया था। लेकिन बाद में पता चला था जब उसे डॉक्टरों ने कहा था कि मां न बनने की वजह वो गांठ है जो इस समय उसे गला तो दिया था पर यूटरस के उस भाग को ब्लॉक कर दिया जहां स्पर्म जाकर निशेचन की प्रक्रिया सम्पन्न करते है। अब वह मां नहीं बन पायेगी यह बात जहां हिमांशु के लिए आघात थी वहीं शर्मिष्ठा के लिए बहुत बड़ा सदमा। ऐसे में उसे अपने पहले पति से हुए बच्चे की याद आयी। और उसने अंकित को लेने की ठान ली। मैं तो तैयार भी हो गया था देने के लिए, पर...अंकित...।

घृणा से अंदर घुल रहे कसैलेपन को खिड़की से बाहर थूक दिया। लेकिन सोचों का तारतम्य नहीं टूटा।

हर सोच का अंत शर्मिष्ठा पर जाकर ही खत्म होता था। जैसे सुरेन्द्र को भगाते समय कोर्ट मार्शल किए जाते वक्त या नौकरी गवां कर वापिस लौटते हुए। सुरेन्द्र को भगाते कतई यह ख्याल नहीं आया था कि उसका बहुत बड़ा दुष्परिणाम मुझे भोगना पड़ेगा। कोर्ट मार्शल किये जाना फौजी अदालत में जहां बहुत बड़ी सजा है उससे कहीं ज्यादा शर्मनाक अहसास समाज के साथ जीने में है। यह उस वक्त पता चला, मुझे जब शर्मिष्ठा को समाज के सामने मेरे लिए

अपमानित होना पड़ा। अपनों के बीच में बेगानापन और अस्तित्वहीन होने जैसी हीनता पालने लगी अन्तर में। शायद यही वजह रही हो कि शर्मिष्ठा को मुझसे दूर जाने के लिए बाध्य होना पड़ा। हो सकता है, यह मेरा भ्रम भी हो। क्योंकि फौजी नौकरी में ज्यादातर समय तो लाम में ही बीतता है फिर विवाह के शुरूआती दौर तो अत्यन्त नाजुक होते है और हम एक-दूसरे के प्रति छोटी-छोटी-सी बातों के लिए भी इतने भावुक और संजीदा रहते है कि हमारा कमजोर पड़ जाना सहज-स्वाभविक है। ऐसे ही कमजोर क्षणों में शायद शर्मिष्ठा के ख्यालों में किसी और पुरुष का प्रवेश हुआ होगा जो सर्वथा अकल्पनीय और अस्वाभाविक होगा और जिसका क्रियान्वयन, मन के अन्दर पल रही क्षुधा स्वरूप हिमांशु के आ जाने पर पूरी हुई होगी।

दरअसल मेरी सोच थी कि शर्मिष्ठा मेरी पद-प्रतिष्ठा अथवा मान-सम्मान से सीधे जुड़ी होने के कारण समाज में इस हादसे के बाद अपने-आपको बहुत छोटा महसूस करने लगी है। मुझे शर्मिष्ठा को मद्देनजर रखते हुए कोई भी काम अथवा फैसला करना चाहिए था। क्योंकि उसे अपनी मान-मर्यादा के लिए समाज के सामने एक तरह से संघर्ष करना पड़ रहा था। लिहाजा मैंने अपने हिस्से की जमीनें और घर बेंच कर अन्यत्र शहर की पॉश कालोनी में मकान ले लिया। उस समय अंकित दो बरस का हो गया था। शर्मिष्ठा एक निजी कम्पनी में स्टेनों की नौकरी भी पा गई थी।

शर्मिष्ठा अभी भी खिड़की के बाहर पेड़-पहाड़ और बादलों को पीछे-पीछे भागते लगातार, एक टक देखे जा रही थी। शायद जो कुछ थोड़ी देर पहले हुआ था। उसे सोचते हुए, उस समय की तस्वीर जेहन में उतारने की कोशिश कर रही होगी।

सब कुछ कितना अकल्पनीय और अव्यवहारिक था। अघटित-सा जो उन सबके दरमियान घटित हुआ था। अंकित की तनी हुई भृकुटियां आंखों में आक्रोश और क्षोभ और अन्दर उमड़ता हुआ लावा।

पांच-छ: साल का बालक। उसका अपना बच्चा, अपनी ही मां के लिए उसके तेवर ठीक नहीं है। मुझे लगा था, मैं उसे सही तालीम नहीं दे पाया हूं।

मेरे कहने पर कि "बेटे ये...तुम्हारी मम्मी है...मम्मी को विश नहीं करोगे।"

कैसे अंकित ने गुस्से से सिर को जुम्बिश देते हुए मुंह एक तरफ फेर लिया था। पर अंकित का व्यवहार बेहद निगेटिव निकला। उसकी उम्मीद न सिर्फ मुझे थी, बल्कि शर्मिष्ठा को गहरा सदमा पहुंचा था अंकित ने साफ-साफ कह दिया था, "आई लास्ट माई ममा...।" और आगे बढ़ आयी शर्मिष्ठा की अंकित को अपने सीने से लगाने के लिए फैली हुई बांहें, वहीं की वहीं काठ हो गई थी।

कापी पेंसिल

शिथिलता ने उसे ऐसे जकड़ लिया था, जैसे बहुत दूर से चल कर आयी हो। हांपने भी लगी थी। दमे के मरीज की तरह। पेशानी से पसीने को अंगुली से नीचे चुहाते हुए उसने धोती के पल्लू को सूखे होंठों पर फेरा और छांव देख बढ़ के पेड़ पर बने थड़े के नीचे टेक लगाकर बैठ गई। पास ही ढफली बजाता कोई बूढ़ा गा रहा था, "...पायल की झंकार रस्ते-रस्ते...ढूढे तेरा प्यार रस्ते-रस्ते ऽऽ...।" आठ-नौ साल की लड़की गाने की धुन पर ठुमके लगा रही थी जो गाने के सुर से कतई मेल नहीं खा रहे थे। सड़क से गुजरते राहगीरो के लिए कोई मजमा नही था, यह...जिसे लोग खड़े होकर देखते। फिर भी दो-चार बच्चे जरूर गाने वाले डोकर और नाच कर रही लड़की को उदासीन भाव से देख रहे थे। जैसे उनके पास भी कोई और काम या खेला शेष नहीं था, तो चलो इसी को देखे। शायद कोई अच्छा तमाशा ही हो।

बूढ़े की आवाज में सुर और लय गाने के हिसाब से भले ठीक से न लग रहे हो पर वह गा बड़ी तन्मयता से रहा था। आखिर उसकी रोजी-रोजी का सवाल था। दिन भर में ऐसा कोई भी माकूल ठिकाना जहां पनवाड़ी की दुकान, रिक्शे या टेम्पो खड़े करने का अड्डा या गरीब-गुरबे के बाजार का फुटपाथ हो, बस अपना छोटा-सा लाव-लश्कर जमा कर नाच-गाना शुरू कर देता है।

लड़की से एक आध साल छोटा लड़का जो शायद लड़की का भाई हो जमीन पर गिरे पैसे बटोरा करता है। एक औरत भी थी दुबली पतली-सी काया

जो इस समय मरियल से बच्चे को अपने सीने से चिपकाये खाली आकाश को टुकुर-टुकुर देख रही थी। इस उम्मीद से कि आने वाला कल पिछले बिताये गये कल से बेहतर होगा। जबकि इससे इतर वह भी नहीं सोच पा रही थी जो बढ़ के चबूतरे से टेक लगाये नाचने-गाने वाले को देख रही थी। बूढ़े की स्त्री के सपाट सीने को उसका बच्चा बड़ी देर से मुंह मार रहा था। लेकिन वहां कुछ होता तो मिलता। हार कर रोने लगा था। स्त्री उसे पुचकारते हुए गाने के सुर के साथ सुर मिलाते धीमे-धीमे गाने लगी थी, "करती हूं हाय फरियाद...लेकिन हंसते-हंसते...ढूढ़े तेरा प्यार रस्ते-रस्ते...।" लेकिन भूख से व्याकुल बच्चे पर स्त्री के अलापने को कोई असर नहीं पड़ा बल्कि अपना सुर जरूर मध्यम से सप्तम तक पहुंचा दिया।

वट वृक्ष के थड़े से टिकी स्त्री की अकुलाहट यह सब देख बढ़ गई। आज भी उसके हाथ में कुछ नहीं लगा था। पिछले तीन दिनों से खाली हाथ अपनी मढ़य्या जा रही है और उसकी आहट मात्र से मुन्नू बाहर निकल आता है आंखों में उसके उम्मीदों के जुगनू चमकने लगते हैं और वह मुंह छिपाती मढ़य्या में घुस कर कोना तलाशती है।

"अम्मा का भया...!" पीछे से तरल-सी आवाज मुन्नू की उसे धकियाती है। लेकिन जवाब नहीं सूझता उसे फिर बहलाकर टाल देती है। मुन्नू बेचारा जमीन पर पसर जाता है और खोपड़ी किताब में घुसा देता है।

आज वह क्या बहाना सुनायेगी उसे समझ नहीं आ रहा। मुन्नू के बापू की बजारी से तीन जन के लिए चूल्हा ही जल जाये तो गनीमत है।

बरगद की ठण्डी छाव में पीठ टिकाए सोचते हुए उसने जैसे अपने-आपसे कहा, "आज तो गवा...कल देखी...का होत हेय...मजूरी का कोनो ठिकाना नाहीं।" उसके आदमी की एक टांग, छोटेपन से ही कमजोर थी। चुटा जाने से रही-सही कसर भी जाती रही।

ऐसा नही है कि मुन्नुवा के बापू के मजूरी करते समय वह काम पर नहीं जाती थी। दोनों को मजूरी मिल ही जाया करती। जरूरी नहीं था कि दोनों दिन में मजूरी पा जाते थे। एक को भी मिली तो शाम को रसद पानी के साथ उसके हाथ में कुछ न कुछ पैसा भी होता। चाहे सियाराम से मिली मजदूरी से पाया पैसा

हो या उसकी मेहनत का। सियाराम में चुनौटी के अलावा और किसी किस्म की नसा पत्ती नहीं थी। जब से उसकी टांग बिल्कुल रह गई उससे लेबरगिरी नहीं हो पायी। अलबत्ता मेहनतकश जरूर था। खाली बैठे पेट की आग तो नहीं बुझती। थोड़ी सी बेकार पड़ी जमीन पर उसने शाक-भाजी उगानी शुरू कर दी। दोपहर बाद सब्जियां तोड़ हाट में जाकर बेच आता। बची खुची सब्जियों से घर का चूल्हा जलता। टमाटर, बैंगन, लौकी की उगाई से उसकी गृहस्थी की गाड़ी जैसे तैसे चलने लगी थी। कभी कभार उसे भी दिहाड़ी मिल जाती तो बाकी के खर्चों की आमद भी पूरी हो जाती।

अपनी मजूरी के भरोसे ही मुन्नुवा का नाम एक पाठशाला में लिखवा दिया था। गुदड़ी में लाल खिला मुन्नुवा पढ़ाई में खूब मन लगाता तभी पिछले बरस दूसरे दर्जे में पूरी पाठशाला में पहल नम्बर पर आया था। इससे मास्टरानियों का भी चहेता बन गया था। बड़ी आस बना ली थी मुन्नुवा को लेकर उन दोनों में अपने मन में। उसने अपने टोले-मोहल्ले में सुना था। किसी रिक्शा चलाने वाले का मोड़ा दागदरी में आ गया है। उसका बटेवा भी पढ़ लिख कर बड़ा आदमी बनेगा। तब वह भी इतराती फिरेगी पूरे टोले में। वैसे मुन्नू को लेकर एक ठसक वह अभी से महसूस करने भी लगी थी। दूसरे दर्जे में मुन्नू का अव्वल आना उसके अन्तर में तारी रहता। उस समय उसके ताम्बाई चेहरे की रंगत में और लालिमा पुत जाती। वह सियाराम से गाहे बगाहे कहा भी करती, "कोनो जनम के पुन्य होंगे जो हमें मुन्नुवा मिलो।"

उसकी पढ़ाई को लेकर वह खूब सोचती और उसका मन-मोर नाच उठता। अभी परसों की बात है। मुन्नुवा उसे कापी दिखा रहा था। झक-सफेद कागज में उसने पहाड़ झरने और पेड़ो की फोटू बनायी थी। उसे दिखाते कह रहा था। टीचर जी ने डराइंग में वेरी गुड दिया है...। किसी बच्चे को नहीं मिला है गुड...। भोलू तो बना भी नहीं पाया। उसे टीचर जी ने खड़ा कर दिया रहे... कमरा के बाहर।"

वह अंग्रेजी के लिखे अक्षरों पर हाथ फेरती रही थी। उसके लिए अंग्रेजी क्या हिन्दी सब चील बलऊआ थी।

"ईऽऽ गुड़ का हेय...।" बच्चों सी सहज-सुलभता थी उसकी आवाज में।

मुन्नू खिलखिलाते हुए बोला था, "अम्मा गुड़ नाही गुड-गुडऽऽ...। कोई नीक कमवा करो टीचर जी खुस होय कर गुड बोलत है। कापी में पेनवा से लिखत भी है।"

वह पुलकित हो उठी थी और मुन्नू की बलाईयां लेते आंचल से सिमटा लिया था। दोनों को यूं लिपटा देखकर बाहर से आते मुन्नू के बापू से रहा नहीं गया तो बोल उठा था, "बड़ा दुलार आवै हेय मोड़ा पर...।"

मुस्कान की हल्की लकीरें खिच गई उसके होंठो पर, 'मुन्नुवा को जइसा बने...खूब पढईबे। सकूल की मास्टरानी भी कहत रही उसे पढ़ावे खातिर।'

उसके अन्दर जोश हिलोरे मारने लगा। उसकी सारी थकान और हताशा जैसे काफूर हो गई और वह उठने को ज्यूं ही उदत्त हुई। उसके पैर से कोई चीज आकर टकराई। नजर गई, दस रूपल्ली का सिक्का था ठनक भरा। मिट्टी के ढेले से टकरा कर उसके पैरों के पास आ गिरा।

कोई बड़ा साब था। मोटर गाड़ी से उतरा था। खोखे वाले से कुछ खरीद वापिस गाड़ी में बैठते-बैठते उसने नाच रही लड़की पर उचटती नजर डाली थी। फिर न जाने उसके मन में क्या आया कि अपने लड़के को सिक्का पकड़ा कर उन्हें देने के लिए बोला। लड़के ने गाड़ी से उतर सकुचाहट से कुछ आगे आते हुए सिक्के को नाच रही लड़की की तरफ फेंक दिया।

पर सिक्का लड़की के पास न गिरते हुए उसके समीप आ गिरा। उसने झटके से अपना पैर आगे बढ़ाकर सिक्के को पैर के नीचे दबा लिया। सहसा उसे लगा कि यह दस रूपल्ली का सिक्का उसकी जरूरतों की आपूर्ति का जरिया बन गया है। इससे वह मुन्नू के लिए घर के रास्ते पड़ने वाले हलवाई से गरमा गरम दूध खरीद सकती है।

"पढ़ने वाला मोड़ा को दुधवा बहोत जरूरी बा...। सरीर आऊर दमाग मजबूत भवै। इत्ता पइसा होत नाही...दुधवा खरीदने खातिर। बासी रोटियां का कलेवा जीम कर तो पाठशाला जावै...मोड़ा। दिन भर किताबन में खोपड़िया घुसाए रहत है। कइसी तो काया दुबलाई गई हैय।' असीम वेदना से उसकी आंखों में भांप उतर आयी। पैर के नीचे दबाये दस रूपल्ली के सिक्के को और जोर से दबा लिया। जैसे कोई खींच रहा हो उसे।

धीरे-धीरे उसने अपनी बांह आगे सरकायी। सिक्के को हाथ में लेने के लिए। बड़ी सतर्कता से। कोई भांप न ले उसकी चोरी। किसी के हिस्से का पैसा हड़पना चोरी ही तो है। ऐसा ख्याल आते ही उसका सिक्के पर से दबाव कमजोर पड़ गया। मरियल काया से चिपटे महिला के सीने को चुबला रहे बच्चे पर उसकी नजर चली गई। फिर गाने वाले डोकर और नाचने वाली लड़की पर दृष्टि जाकर टिक गई। कितनी देर से बेचारे नाच गा रहे हैं। लेकिन किसी ने अभी तक सिवाए उस दस रूपल्ली के सिक्के के, एक कौढ़ी भी नहीं फेंकी उनकी ओर। उसका मन गीला-गीला हो आया।

'अपन जइसन ही हेय ई लोग...।' शायद रोजमर्रा की आवश्यकताओं की भरपायी में उनसे भी कमतर हों। सियाराम तो रोज कुछ न कुछ लेकर आता है। बची सब्जी भी साथ में लाता है। उसे भी कभी कभार मजदूरी मिल जाया करती है। आज कुछ नहीं मिला अलग बात है। वैसे पिछले तीन दिन उसके खाली गये है। राजगीर पहले जवानों को फिर मोड़ो को रखता है। जरूरत के हिसाब से डोकर और औरतों की बारी बाद में आती है। 'का करी कुछ अऊर होत नाही...।' सोचा उसने। उसके टोले-मोहल्ले की औरतें मिल में जाकर कमाती हैं। अच्छा खाती और अच्छा ओढ़ती है। रोज सुबह घर से निकलती है दिन भर जुती रहती है। शाम परे आती हैं और महीने पर ढेर सारा रूप्पय्या लेकर आवै। इत्तवार की छुट्टी मिले सो अलग...।

सोचते-सोचते उसका हाथ एक दम सिक्के के ऊपर आ गया। फिर झपट कर अपनी मुट्ठी की गिरफ्त में किया। अब सिक्का उसके हाथ में था।

'कब से मुन्नुवा कपिया-पेनसिलिया खातिर कहे हैं।' सामने देखा, सब अपने में मग्न दिखे। वह आश्वस्त हो गई, 'चलो कपिया मोड़ा वास्ते आ जाई...।' लेकिन तभी उसे हलवाई की दुकान की कढ़ाई में कढ़ते हुए दूध की याद आयी...।

'बेचाराऽऽ...कितनो तो दुबला गवा हेय। देह जान पड़त है फूको तो उड़ जावै...खाये पीये नाही तो ई मगजवा कइसी चली...पर कपिया पढ़ावै खातिर जरूरी बा...।' उसने अपनी अंटी को दूसरे हाथ से टोहा। पांच ठो के दो सिक्के धोती के कोने में बंधे पड़े थे। उसने हिसाब लगाया, दोनों चीजें सारे पैसों से

आ जायेगी। उसे इत्मिनान हो आया। फिर भी गरमा-गरम दूध का ख्याल उसके ज़ेहन से नहीं निकल पाया।

'कित्ता नीक होत...सारा कुछ इत्तै में आई जात...।'

उठने की कोशिश करते हुए उसने सोचा, बिटवा को दुधवा जादा जरूरी हेय, कल इत्तवार भय। परो मुन्नुवा के बापू से कह देवे वह हाट से कपिया ले आवेंगे।

मास्टरनियों से पिटा गया तोऽऽ...।' विचार थे जिन्हें कोई थाह नहीं मिल पा रही थी। मुन्नू की सेहत को देखते हुए दूध में अटका उसका मन कापी पेंसिल की जरूरत के आगे बौना पड़ रहा था।

उठते-उठते उसकी आंखों के आगे नीम अन्धेरा सा गया। जैसे कोई उसके पास आ खड़ा हुआ है। धुंधलके के पार उसे मुन्नू की छबि दीख पड़ी जो कापी पेंसिल के लिए हाथ बढ़ाये खड़ा मनुहार कर रहा था। वह कांप गई। अगले ही पल उसने आंखों पर पलको का दबाव प्रेषित किया फिर अन्यमनसक सी बोल उठी, "मोर बिटवा...।" अस्फुट से स्वर उसके होंठो को चीरते बाहर की हवा में फैल गये। गायन मण्डली का लड़का खड़ा बुदबुदा रहा था, "हमार पइसा देहबो...ऽऽ...।"

ओमा

बहुत दिनों बाद अपने आपको फुर्सत में महसूस कर रहा था। काम की भागम् भाग में कभी नजरें कही टिकती ही नही हैं। आज जिधर देखता हूं वही जगह अस्त-व्यस्त सी दिख रही है। शुरू से आदत रही है हर जगह को साफ-सुथरा रखने की। इसके लिए कई बार पत्नी से ऊंचे स्वर में बोल भी देता हूं, "घर देखो कैसा गंदा सा पड़ा है। जरा भी ध्यान नहीं रखती। वाश-बेसन के टायल्स गंदे दिख रहे हैं, डायनिंग टेबल कैसे सामानों से अटा पड़ा है। यह नहीं की साफ कर दो। सोफों के केसमेट कैसे कोनों से निकले पड़े हैं। साफ-सफाई का काम क्या मेरा है। मैं ही सब देखता फिरूं...तुम्हें नहीं दिखाई पड़ता...।"

बड़बड़ाते हुए पत्नी उठती है। बच्चों पर सारा दोष मढ़ते हुए हाथ चलाने लगती है। बच्चे हैं तो गदंगी फैलाएंगे ही। उन्हें साफ करने के साथ-साथ समझाना भी तो पड़ेगा।

मैं, अपने कमरे में आकर कम्प्यूटर खोल लेता हूं अंगुलियां उसके की-बोर्ड पर तक्धिना-धिन करने लगती है। कब रात हो जाती है समय का अहसास ही नहीं हो पाता। पत्नी के खाने के लिए पुकारने पर सब कुछ समेटता हूं और दुकान बढ़ा कर अंदर आ जाता हूं। ऐसे ही एक दिन और बीत जाता है। अगली सुबह फिर उठना और पिछले दिनों की तरह दिन की शुरूआत फिर काम और फिर वही रात। यंत्रवत् सी दिनचर्या हो गई है। कोई बदलाव नहीं। बंधी-बंधाई सी जिदंगी ऐसे ही खिसकती चली जाती है।

पर आज और दिनों जैसा नहीं था। कुछ अलग था। समथिंग स्पेशल जैसा तो नहीं, फिर भी कुछ तो हट कर था जिससे अलहैदा महासूस हो रहा था कि पंछी बनूं...बन के उड़ू, मस्त गगन में...आज मैं आजाद हूं दुनिया के चमन में... कुछ ऐसे ही भाव मन में उठ रहे थे। सबसे पहले घर को अपने कदमों से नापा। इधर से उधर, दायें-बायें। फिर चारो तरफ नजर डाली। नफासत और करीने जैसे शब्द बेमानी लग रहे थे। सोचा पत्नी की अनुपस्थिति और अपने खालीपन का उपयोग किया जाये। पत्नी मायके गई हुई थी और बाई को काम के संबंध में आवश्यक निर्देश मैं दे रहा था। हो सकता है इसके लिए बाई मुझसे चिढ़ रही हो वह परोक्ष में ऐसा कुछ जाहिर नहीं कर रही थी। तभी सीढ़ियों की रेलिंग पर नज़रे चली गईं। स्टील की चमक बिल्कुल दब गई थी। मारबल के अन्दर धंसी छड़ों की दरीचों पर मिट्टी जम कर काली पड़ गई थी। सीढ़ी के पत्थरों के किनारो पर भी चीकट मैल चढ़ी दिख रही थी। सोचा क्यों न इन्हें साफ कर दूं और लपकते हुए एक पुराना ब्रश उठा लाया और गंदगी के ऊपर रगड़ने लगा। इसी बीच काम वाली भी आ गई। उसने मेरे क्रिया-कलापों को नोटिस भी किया पर मुझसे कुछ बोले बगैर रसोई की तरफ बढ़ गई। हालांकि मुझसे बात करने का कोई मतलब भी नही उठता था। मैं अपने घर का काम अपनी मर्जी से कर रहा था और वह अपना काम करने आयी थी। जिसकी उसे पगार मिलती थी। वैसे जहां तक उसके बोलने अथवा बातचीत करने का प्रश्न है तो वह इसमें बड़ी मित्व्ययी है। जरूरी नहीं कि लोग केवल पैसो के मामले में मित्व्ययी हों। कुछ लोग बोलने में भी बड़े कंजूस होते है। तीन साल हो गये हैं इसे काम करते हुए। लेकिन फालतू बकझक तो दूर की बात। काम के सम्बन्ध में भी मुंह सिल के रखती है। लेकिन मैं तो चुप नही रह सकता था। मुझे तो उससे बात करनी थी। उससे काम जो निकलवाना था। सो बड़े लाड़ से उसे पुकारते हुए कहा, "मीतू मेरा एक काम कर देगी।"

बाई के कान खड़े हो गये, आज क्या कहता है। पिछले दो तीन दिनों से उसे कुछ न कुछ काम बता ही रहा हूं। वह चुप रही। मैंने ही बात आगे बढ़ाई, "जरा यह रेलिंग और ऊपर की अंटिया साफ कर दो।"

गनीमत रही कि कुछ बोली नहीं। लेकिन उसने हां भी नहीं की थी। मैं

चुपचाप अपना काम करता रहा। पर ध्यान बाई की गतिविधियों में ही अटका रहा कि काम निपटा के आती है या नहीं। लेकिन वह अपना काम पूरा किए बगैर आकर रेलिंग साफ करने लगी। चलो मेरी बात रख ली। मन के किसी कोने में संतोष हो आया। फिर अंटिया साफ करने के लिए ऊपर जाने लगी तो मैं भी पीछे पीछे चला गया। अंटिया का फर्श और सामान सब धूल से अटे पड़े थे।

मैंने उसे पहले बक्से हटा लेने के लिए कहा। उसने सारे बक्से फुर्ति से उठाकर बाहर छत पर रख दिये। ज्यादा सामान किसी में नहीं था। इन संदूकों में एक संदूक ओमा का भी था। ओऽऽमा...ऽऽ। मां नहीं लेकिन मां की तरह। सच में मां की तरह ही तो थी, मेरी बड़ी बहन। मेरे और उसके दरम्यान पन्द्रह साल का फर्ख था।

बक्से को बाहर से झाड़ते हुए मैंने अन्दर से उसे साफ करने के लिए खोला। उसके दो तीन जोड़ी पहनने वाले कपड़े तह करके रखे थे। बहन ने खुद ही रखे थे या पत्नी ने बाद में रख छोड़े थे। कह सकना मुश्किल है। धूल बक्से के अन्दर भी भरी पड़ी थी। मैंने बड़ी सहजता से कपड़े बाहर निकाल ट्रंक को अंदर से साफ किया। तभी एक छोटी सी आटोग्राफ बुक पर नजर चली गई। प्लास्टिक के कवर पर कलात्मक ढंग से अंग्रेजी में आटोग्राफ लिखा दिख रहा था। उत्सुकतावश उसे खोल के देखा। पहले पृष्ठ पर लिखा था सादा जीवन उच्च विचार...।

आटोग्राफ के छोटे -छोटे रंग-बिरंगे पन्नों पर कोटेशन्स लिखी हुई थी। पन्ने पलटते हुए एक कोटेशन पर दृष्टि चली गयी। संस्कृत में श्लोक लिखा था। धर्मो नत्यज्या जीवित स्यापि हे तोः। लिखने वाले के दस्तखत् अपठनीये थे। तारीख की स्याही फैल जाने से समझ नहीं आ रही थी। जैसे पानी की बूंद गिरी हो। या आंसू भी हो सकता है। शायद ऑटोग्राफ के पन्नों को उलटते-पलटते और पढ़ते हुए बहन की विस्मरणीए यादों ने उसकी आंखों में आंसू ला दिये हो। अनायास ही मै कल्पना करते हुए उस समय में चला गया। जिस समय बहन ने प्राध्यापिकाओं के पास जा-जाकर हस्ताक्षरित पुस्तिका में उनके हस्ताक्षर लिए होंगे। इन हस्ताक्षरों में उन लोगो की न जाने कितनी-कितनी यादें समाहित हो गई होंगी। उन तमाम संगी-साथी, अध्यापिकाओं से बिछुडने के बाद उनकी

स्मृतियां इन चंद लिखी पंक्तियों में कैद हो गई होंगी। जिन्हें बहन फुर्सत के क्षणों में खंगालती भी होगी। उनसे जुड़ी न जाने कितनी खट्टी-मीठी यादें होंगी जो उसके स्मृति पटल पर अंकित होकर उसे संवेदित कर देती होगी। तब वह भी बेसाख्ता कह उठती होगी,'कालेज के दिन कितने अच्छे थे। बचपन कितना नटखट और शरीर था।'

बचपन यादों की ऐसी पुस्तक है जिसे खोलकर पढ़ना हमेशा सुखकर लगता है। यादे तो संघर्षों से भरी भी अच्छी लगती है। यो महसूस होता है जो समय हमने बिताया है उससे अच्छा समय और क्या बिता पायेगा कोई। अच्छे दिन खुशी की प्रतीति कराते है तो दुखमय दिन किसी लोमहर्षक क्षणों से गुजरने से कम नहीं लगते। अन्यमनस्क-सा आटोग्राफ के पन्ने पलटते-पलटते बहन से जुड़े तमाम बिम्बों के अक्स मेरे मानस-पटल पर रेत में बनती-बिगड़ती आकृतियों के मानिन्द उकेरित हो रहे थे। ओमा, यही तो कहता था, बहन को मैं। न जाने कब और कैसे यह संबोधन मैने पकड़ा और बहन को इस नाम से पुकारने लगा। इस बारे में मां बताती थी कि जब पापा घर आते तो दरवाजे से बहन को आवाज लगाते थे, 'भोलां...!' और मेरे अबोधपन ने उसे ओमा के नाम से पंजीकृत कर दिया। जब से मैने होश संभाला दीदी या बहनजी न कहकर इसी नाम से बुलाते पाया।

मेरे साथ उसका जुड़ाव बेहद करीबी था। ऐसा क्यों था। मुझे भी नहीं मालूम। यह ठीक है कि मेरी बहन थी। सबसे बड़ी। लेकिन मेरे प्रति जहां वह संजीदा थी वहीं उसका व्यवहार मातृवत् था। सबसे छोटा और अपनी दोनों बहनों मे इकलौता जानकर ऐसा था या कोई और कारण। ठीक से इस बारे में कुछ कह नहीं सकता। मेरा संगी साथियों के साथ उठना बैठना, मेरी पढ़ाई सब पर वह एतियातन निगरानी रखती थी जो उच्च कक्षाओं में पहुंच जाने तक बदस्तूर बना रहा था।

वक्त जैसे उसकी रगों में दौड़ता था। जब भी उसे उठाने के लिए कहता ठीक उसी समय पर आकर मुझे उठा दिया करती थी, अलार्म घड़ी की तरह। चायपानी से लेकर किसी खास व्यंजन की मैं फर्माइश करता अविलम्ब पूरा करती। इसके लिए मां से अक्सर बातें भी सुन लिया करती थी।

मेरी सेहत और लम्बी उम्र के लिए रोजाना पाठ करती। भले बीमार पड़ जाये पर उसके पाठ में कोई कोताही नहीं होती। उसकी तपस्या, उसका त्याग सब मेरे लिए था। पर मैंने इसे कभी गंभीरता से नहीं लिया। पता नहीं क्यों उसके किए हुए को उसके सिर्फ काम पूरा करने के लिए निभाए जाने वाली जिम्मेदारी जितना समझा।

इतना ही नहीं उस सुबह जब गिफ्टी ने हम लोगों को आकर बताया कि बुआ जी रात भर सोफे में लेटी रही और सूसू भी वहीं पर करती रही तो मैंने कतई तवज्जो नहीं दिखाई। दरअसल पिछली रात वह प्रिंस से मल्टी विटामिन की गोली मांग रही थी। बेटे ने हम लोगों से आकर कहा था तो पत्नी एकदम से बिदक गई थी। उसने प्रिंस से चीख कर कहा था, "कोई गोली वोली नहीं देनी... चुपचाप खाना खाकर लेट जाये।" प्रिंस ने भी मम्मी वाली टोन में उसे जाकर कह दिया था। काफी देर तक झींकती रही थी बहन। मैं कमरे का दरवाजा बंद कर बिस्तर पर लेट गया था। कब नींद आ गई, पता ही नहीं चला। जब बेटी ने अपनी बुआ के बारे में बताया तब भी उसे देखने अन्दर नहीं गया। फ्रिज में पानी निकालते हुए मुझे लगा कि वह सोफे में उठ कर बैठी है और मुझे ताक रही है पर मैं पूर्ववत उदासीन ही रहा। नहा-धोकर पाठ करने जब अंदर गया सोफे में ओमा बेसुध लेटी थी, और सोफे से पेशाब के भभके उठ रहे थे। एकाएक स्नायु का रक्त प्रवाह तेज हो गया था जी में आया था कि झिंझोड़ कर उसे उठाऊं और उसकी ऐसी करतूत पर उसे जलील करूं, 'इतना भी गुस्सा क्या कि गोली नही दी खाने को तो सोफे में ही सो गई और गलीच कर दिया उसे। नाटक करने की भी एक हद होती है। और इस बार तो पानी सर पर चढ़ गया। सोचते हुए जपुजी साहिब का गुटका हाथ में लिए श्यनकक्ष में आ गया और पूरे समय बहन की कार गुजारी के बारे में सोचते-सोचते पाठ पूरा किया। तब तक पत्नी ने नाश्ता लगा दिया था। बच्चे स्कूल जा चुके थे। अनमने भाव से मैं परांठा निगलने लगा। लेकिन सोच थी कि बहन के कृत्य से हटती नहीं थी, 'कैसे सो रही है...आखिर हम लोगों को तंग करके क्या हासिल कर लेगी। इतनी पाठ-पूजा और सफाई पसंद उस पर लेटे लेटे इस तरह से सुसू करना... क्या जताना चाहती है, बहन की तरफ देखते हुए मैं सोचता रहा। अचानक मेरी

सोचो को झटका सा लगा।

ऐसा नहीं हो सकता है कि वह जान बूझकर ऐसा करें। मैं नाश्ता छोड़ उसके पास चला आया। बहन की बांह हिलायी, "ओमाऽऽ...ओमाऽऽ...।" वह नेश्चेष्ट ही बनी रही। मैं वहीं से चिल्लाया, "सुमी ओमा को कुछ हो गया है।" पत्नी भी घबराई हुई अन्दर दाखिल हुई, "दीदी...ओ दीदीऽऽ...।"

"सोते हुए अपने आपको दिखाने का कौन सा नाटक है। अब तो उठ जाओ दीदीऽऽ...।"

"इतनी सी बात हम समझ नहीं पाये। जान-बूझकर वहां सुसू करेगा कोई, जहां सो रहा है...।" मैंने अपने को कोसने जैसे भाव से कहा।

शायद तेज आंच में पत्नी सब्जी छोड़ आयी थी। नथुनो में गंध महसूसी तो तेजी से रसोई की ओर लपकते हुए पत्नी ने अस्पताल ले जाने के लिए बोला। कार या एम्बुलेन्स का इंतजाम करना होगा। सोचते हुए मैंने दिल्ली वाली बहन के दामाद को फोन कर दिया था। हालांकि उसका आना निश्चित नहीं था। पर खबर सुनकर वह कार लेकर तुरन्त आ गया था। उसकी मदद से आनन-फानन में बेसुध ओमा को कार में डालकर अस्पताल ले आये थे। बहन की गंभीर दशा देखते हुए अस्पताल वालों ने भी बिना कागजी कार्यवाही किए सघन चिकित्सा विभाग में भर्ती कर लिया था। एक नर्स ने मेरे सामने डाक्टर खुराना को फोन से मरीज की गंभीर स्थिति को देखते हुए तुरंत सूचित कर दिया था। डाक्टर ने नर्स को चिकित्सीय सहायतार्थ आवश्यक निर्देश दिये। नर्स परचे पर जल्दी जल्दी कुछ लिखती रही थी। फिर मुझे परचा थमा दवाखाने से दवाएं लाने के लिए कहा था। मैं पर्चा पत्नी को पकड़ाकर भर्ती करने की औपचारिकताओं को पूरा करने के लिए अस्पताल के कार्यालय में चला गया था।

जब वापिस आया तो डाक्टर खुराना आ चुके थे। मैं और पत्नी सघन संरक्षण विभाग के बाहर ही खड़े खुराना के निकलने का इंतजार करने लगे थे। जेहन में बार-बार सुबह की घटना कांच की किरिच की मानिंद गढ रही थी। बहन मेरी जिन्दगी का वह हिस्सा थी, जिसे अगर अलग कर दिया जाये तो मेरा मुझमे कुछ भी नहीं बचेगा। मैं कभी उसका उऋण नहीं सकता था। आज मैं जिस स्थिति में हूं उसका दारोमदार ओमा का ही है। न सिर्फ उसका पूजा पाठ

बल्कि मेरी देख-रेख उसी ने तो अपने हाथो ले रखी थी। आज अगर वह इस हालत में पहुंची है तो केवल हमारी अपनी लापरवाही और खुदगर्जी का नतीजा है। तभी डाक्टर खुराना बाहर निकले थे। उन्हें देख मेरे मुंह से केवल 'डाक्टर साब' ही निकला था। उनके चेहरे पर मैंने अपने लिए धीरज और हिम्मत से काम लेने जैसे भाव देखे थे। पुराना परिचय तो था ही, उनसे। मैं कुछ पूछता उन्होने कहा,"अभी कुछ नहीं कह सकते...मैने एम आर आई लिख दी है। इसे करवा दो।"

"डाक् साब इन्हें हुआ क्या है...।" व्यग्रता मेरे ऊपर हावी थी।

"इनके दिमाग में क्लाट्स आ गये है जिससे इन्हें पैरालिलिस का अटैक पड़ा है। इनका दायां हिस्सा वर्क नहीं कर रहा है। एनी वे आप एम आर आई फौरन करवा दें। तभी कुछ पता चल पायेगा।" पूर्ववत् गम्भीरता ओढ़े खुराना निकल गये। पीछे वही खामोशी तना बरामदा, मै और पत्नी बचे थे। थोड़ी देर बाद नर्स हाथ में दवाईयों और एम आर आई के परचे लिए बाहर आयी थी।

मैं एम आर आई के लिए मित्र को कार के सम्बन्ध में फोन करने लगा था। मित्र ने भी तुरन्त कार भिजवा दी थी। पत्नी को घर भेज दिया था। खाना भी अभी बनाना था। बच्चे स्कूल से लौट रहे होंगे। सुबह मेरे आफिस जाने के लिए ही थोड़ी सी सब्जी बनती है। पर आज तो आफिस की छुट्टी हो गई । और कितने दिनों की छुट्टियां होंगी, इस पर अनिश्चितता बनी हुई थी।

एम आर आई में ज्यादा समय नही लगा था। जल्दी ही हम लोग अस्पताल वापिस पहुंच गये थे। ओमा पहले की तरह ही सघन संरक्षण कक्ष में विलोप हो गई थी। मैं बेंच पर आकर बैठ गया था। कुछ लोग और आकर बैठ गये थे, वहां पर। जरूर उन लोगो के मरीज भी आई.सी.यू. में होंगे। उन लोगो के ऊंचा-ऊंचा बोलने से अस्पताल की शान्ति बाधित हो गई थी। उनका शोर सुन एक नर्स ने आकर उन्हें टोका था। बहुत साफ हिन्दी नहीं थी, उसकी। पर मतलब तो चुप कराने से था। डांटकर वह अन्दर चली गई थी। कुछ देर जरूर खामोशी बरपी रही। लेकिन फिर से हल्की-हल्की मक्खियों सी भिनभिनाहट चुप्पी ओढ़े कक्ष में तारी हो गई जिसने जल्द ही रफ्तार पकड़ ली थी। इस बार नर्स मना करने आयी तो इत्तेफाक से कारीडोर से गुजर रहे सुरक्षा कर्मी को बुलाकर हम सबको

बाहर करवा दिया।

मैं टहलते हुए कैण्टीन तक चला गया था। इंडक्शन हीटर में चाय बनती देख पीने का मन कर आया था। चाय पीकर जब वापिस वहां पहुंचा तो नर्स सत्या दवे का नाम लेकर पुकार रही थी। मै हड़बड़ाते उसके पास पहुंचा था और जल्दी से बोला था, "यस सिस्टर...!"

"किदर चला गया था...कबसे बुलाता...!" उसका कहा बुरा तो लगा पर भाषा की समस्या समझ कर भुलाने की कोशिश करने लगा। फिर हालात की नाजुक स्थिति को देखते हुए कुछ और सोचना भी अपने आप में बेवकूफी होती।

"इंजैक्शन चाइएऽऽ...! उसने पर्चा मेरे हाथ में पकड़ाते हुए फिर बोला था, "मरीज का कपड़ा चाइए...दो-तीन पेटीकोट या गाऊन...जल्दी लेके आयेऽऽ...।" मैं हामी भर कर वहां से चला गया था।

सुमी ने मेरे लिए खाना लेकर आना ही था। फोन करके उसे कपड़ों के लिए भी बोल दिया था।

खाली होते ही विचारों का चक्रवात दिमाग में घूमने लगा। डाक्टर ने बताया है, दिमाग की नस में खून का थक्का जम गया है। एम.आर.आई करने वाले के चेहरे की भाव भंगिमा भी कुछ सही नहीं थी। पूछने पर हालांकि उसने कुछ बताया नहीं था। क्या बहन अब ऐसे ही रहेंगी...। वह बिस्तर से उठ नहीं पायेगी...अब वह बोल नही पायेगी। सायास मैं कांप गया था, 'मेरी ही सब गलती है। मुझे हालात को समझना चाहिए था। मैं इतना बेरहम कैसे हो गया था बहन को क्यों इतना गलत समझ लिया था। एक विटामिन की गोली ही तो मांगी थ, उसने। चुपचाप दे दी होती तो शायद इस समय यहां न होते। हो सकता है बोल-कुबोल बोलने से बहन ने दिल से लगा लिया हो और उसका रक्तचाप बढ़ गया हो। जिसकी वज़ह से दिमाग की किसी नस में रक्त का प्रवाह अवरुद्ध हो गया हो।

मैंने पूरी तरह से अपने आपको ओमा का अपराधी पाया। सारी जिदंगी मेरे लिए मरती खपती रही और मैंने यह सिला दिया। सोचते सोचते आंखें नम हो गई। अनायास ही हाथ जुड गये। शब्द तो नही निकले पर अंतर में किए गए व्यवहार पर मन त्राहीमाम् त्राहीमाम् कहते विर्लाप कर उठा।

दोपहर बाद डाक्टर आये थे तो झिझकते झिझकते उनसे खून के थक्के के बारे में पूछ बैठा। उन्होंने विस्तार से इस थक्के के बारे में बताया कि खून का लोथड़ा इतनी जल्दी नहीं बनता। धीरे-धीरे बनता है और काफी समय लेता है। इससे रक्त आगे नहीं जा पाता जिससे पक्षाघात या ब्रेन हैमरेज जैसे हादसे होते है। मैं कांप कर रह गया था। जैसे जूड़ी देकर बुखार आ गया हो। लेकिन शीघ्र ही अपने आपको संभाला था और ध्यान आने जाने वालों पर केन्द्रित करने की कोशिश करने लगा था। श्वेत वस्त्रों में इधर उधर घूम रही नर्से बिल्कुल परियो समान लग रही थी। उनकी सेवा महज हर माह मिलने वाले वेतन की मोहताज नही थी। बल्कि उनकी आत्म तुष्टि समर्पण का वो जज्बा था जिसके आगे सब बेमानी लगता है।

नर्सो की निस्वार्थ भावना ने मुझे भीतर तक संवेदित कर दिया था। मैं भी अब कुछ ऐसा करूंगा जो सबको अच्छा लगे। बहन ठीक हो जाये तो उसे अब जरा सा भी दु:ख नहीं दूंगा। जो कहेगी वही करूंगा। आखिर है तो हमारे ऊपर आश्रित। अरे आश्रित क्यों असल में हम उनके सहारे है। जरा सा संकट भी अगर हमारे ऊपर आता है तो कैसे संकट को निर्मूल करने के लिए बरत और मनोतियां मान लेती है। परेशानियों के हल हो जाने पर पूरी निष्ठा से मन्नत पूरी भी करती है। उसकी मनोतियां अपने शरीर को कष्ट देने वाली होती है। ऐसी कोई मांग नही होती जिसमे उसके भाई को आर्थिक दबाव सहना पड़े।

कितना ख्याल रखती है, मेरा कोई अतिरिक्त बोझ नहीं डाला कभी। और मैं उसके प्रति बेरूखी दिखाता रहा। कभी यह जानने की कोशिश नहीं की, कि उसे कोई तकलीफ है।

सहमा सहमा सा दबे पांव चलता हुआ दिन कब खत्म हो गया, पता ही नहीं चला। सुबह सवेरे अस्पताल प्रबन्धन की तरफ से मरीजों से उनके परिजनों के मिलने का समय निर्धारित किया गया था। जिसका मुझे इल्म नहीं था। मैं नर्स से नहाने धोने के लिए छुट्टी मांगने गया था। लेकिन नर्स ने मुझे इस मुलाकात के बारे में बताया। मन में वैसे ही अपने किए पर अवसाद सा तारी था। पर यह सोच रुक गया कि मिलने में कोई हर्ज नहीं है फिर बहन कैसी है यह भी जान लूंगा। अपराध बोध और ग्लानि लिए मैं भारी कदमों से सबसे अन्त में

अंदर पहुंचा। उसका चेहरा आक्सीजन मास्क से ढका था और आंखें मुंदी हुई थी। मैंने बहन के माथे पर हाथ रखा। स्पर्श मात्र से उसने आंखें खोल ली। उन आंखों में संसार से विमुख हो रही दहशत से उपजी पीड़ा थी। उसने अपना बायां हाथ जिसमें डिप लगी हुई थी उठाकर हवा में हिलाया था और अस्फुट से शब्द मुंह से निकले थे "यह क्या हो गया।" मैंने तसल्ली देने जैसे भाव से कहा था, "सब ठीक हो जायेगा...।" और कुछ नहीं कह पाया था। आंखों से आंसू निकल आये थे।

"इनकी हालत में इम्प्रूवमेन्ट है...।" कोई नर्स कह रही थी न जाने कब वहां आकर खड़ी हो गई थी। मन का कोई कोना सकून से भर गया था, बहन ठीक हो रही है...।' जब बाहर आया था तो सबसे पहले दिल्ली, बहन को फोन किया था फिर पत्नी को बताया था। पत्नी की भी मायूसी भरी हैलो से हुई शुरूआत में तुरन्त ही चिड़ियों सी चहक आ गई थी।

दोपहर को डाक्टर साब राउण्ड पर आये थे। जब बाहर निकले तो मेरे पूछने पर बहन की हालत के बारे में आश्वस्त तो नहीं किया था। बस इतना ही कह कर रह गये थे, अभी तो दवाइयां शुरू हुई है।" मैं फिर से मायूस हो गया था। डाक्टर ने बहन की हालत में सुधार के बारे क्यों नहीं कुछ कहा। जबकि कल और आज में बहुत फर्क आया है। जब यहां बहन को लेकर आये थे तो वह अचेत थी। आज तो चैतन्य दिखी थी।

लेकिन अगले तीन चार दिन के अन्तराल में बहन की हालत में काफी सुधार आ गया था। उसे आई.सी.यू. से हटा कर एक वार्ड में भेज दिया गया था। यहां आने से अब हर समय बहन हमारी आंखों के सामने थी।

बोल तो पाती नहीं थी। अलबता गूंगों की तरह मुंह से ऐ-ऐऽऽ की आवाजे निकाल कर हम लोगों से बतियाती या समझाने की कोशिश करती थी। दांये हिस्से में फालिज का असर था जिससे वह हिल डुल नहीं पाती थी। खाने के लिए उसे सिर्फ तरल पदार्थ ही दिये जा रहे थे। जिसे मुंह के अन्दर एक नलिका के माध्यम से पहुंचाया जा रहा था। दवाएं भी इसी तरह से पीस कर घोल के रूप में दी जा रही थी। वैसे ग्लूकोस तो हर समय चढ़ा ही रहता था। वही एक आधार भी था जो बदन में ताकत बनाए हुए था। लेकिन मुझे नहीं लगता था

कि उसके सोचने समझने की शक्ति काम कर रही है। हां चीन्हती सबको थी।

नर्से उसका बायां हाथ बांध के रखती थी। पूछने पर हम लोगों को हाथ न खोलने की हिदायत दे डाली थी। लेकिन रात को मैंने उसका बंधा हाथ खोल दिया था। हालांकि रात्रि पाली की नर्स से मैंने पूछ भी लिया था। पहले तो वह चुप रही थी। फिर धीरे से अपनी मुण्डी हिला कर टीक हे...।" कहते हुए मेरी राय का अनुमोदन कर दिया था। मैं आश्वस्त हो गया था। लेकिन सुबह उठते ही सबसे पहले मेरी नजरे जमीन पर गिरी नली पर पड़ी। फिर बहन के मुंह को देखा तो सकते में आ गया था। उसने मुंह से नलिका निकाल कर फेंक दी थी। हाथ बांधने की प्रासंगिकता तब समझ में आयी थी। मैं हड़बड़ाया सा जहां नर्सें व डाक्टर आकर बैठते हैं, उधर दौड़ा था। रात वाली नर्स तो नहीं दिखी थी। कोई दूसरी नर्स वहां बैठी थी। उसको बताया तो उसने एकदम से सप्तम सुर छेड़ते हुए कहा, "हाथ खोल दिया था...क्या। उस घड़ी भी, जबकि वह मुझे डपटने के पूरे मूड़ में दिख रही थी। मैंने गौर किया था कि उसकी हिन्दी साफ थी। लेकिन शक्ल सूरत से तो कतई दक्षिण की लग रही थी। खैर मैंने अपनी आवाज में पुरजोर नरमी बरतते हुए कहा था, जी मैंने रात को हाथ खोल दिया था- पर नर्स...।" उसने अपनी रौबीली आवाज से मेरा स्वर दबा दिया था। उसका बोलना भी जायज था। क्योंकि अभी सुबह दवाईयां भी नलिका के रास्ते ही देनी थी। और नली डाक्टर ने ही लगानी थी।

बड़बड़ाती हुई नर्स बाहर निकल गई थी। कुछ देर मैं वहीं दरवाजे पर नर्स के लौटने का इंतजार करते खड़ा रहा था फिर वापिस लौट आया था। नर्स भी डाक्टर को लिए जल्दी ही आ गई थी।

बहन सो रही थी। नर्स उसे उठा रही थी, "माता जी उठिए...।" पहले जैसी अच्छी भली होती तो नर्स को डांट कर रख देती, "मैं माता जी नहीं हूं... बहन हूं...माता जी मत कहो, मुझे...।" बहुत पहले एक बार डाक्टर खुराना को झिड़क दिया था। तब से खुराना दीदी ही कहते आ रहे है।

छोटे डाक्टर ने थोड़ी मशक्कत के बाद नली मुंह के अंदर डाल दी। दवा देने का समय हो आया था। नर्स ने गोलियां पीस कर पानी में मिलाकर नली के रास्ते पिला दी थी।

दोपहर को खुराना आये थे और बहन की दशा देख आश्वस्त होते बोले थे, "दो तीन दिन में छुट्टी दे देंगे। लिक्विड डाइट ही दी जायेगी। ट्यूब के रास्ते। दस पन्द्रह दिन बाद ट्यूब निकाल देंगे। फीडिंग तब चम्मच से देना।

"कितना वक्त लगेगा ठीक होने में...।" बहन की छुट्टी के नाम से उत्साह के अतिरेक में बोला था मैं।

"टाइम लग जायेगा...पांच छैः महीने या इससे ज्यादा भी...इनके ऊपर डिपैण्ड करता है। इनकी विल पावर और आपकी सेवा...।" कहते हुए निकल गये थे, डाक्टर खुराना।

शाम होते होते बहन को बुखार हो गया था। नर्स ने बुखार की गोली दूसरी दवाईयों के साथ मिलाकर दे दी थी।

अगली दोपहर जब खुराना आये तो बहन की हालत देख चिंतित दिखे। बुखार उतरा नहीं था। कानों में आला लगाए काफी देर तक बहन का सीना टोहते रहे थे। मैंने उनसे ज्वर के बारे में पूछा तो वे गंभीर हो आये थे। नर्स से कह कर उन्होंने नली बाहर निकलवा दी थी। फिर उसे साफ कराकर खुद नली अंदर डालने लगे थे। डाक्टर को फारिग होते देख मैंने पुनः अपना सवाल दोहरा दिया था, "डाक साब, यह फीवर क्यों हो गया। कोई चिंता की बात...।" मुझे खुराना के चेहरे में छायी गंभीरता किसी आशंका की तरफ इशारा करती दिख रही थी कुछ तो गड़बड़ है।"

डाक्टर ने बिना मेरी तरफ देखे कहा, "ट्यूब सांस वाली नली में चली गई थी। इनको दी गई फीडिंग...लंग्स में चली गई है...।"

"फिर...ऽऽ...।" हतप्रभ सा मैं इतना ही कह सका मेरी आंखों में छोटे डाक्टर का चेहरा घूम गया। नली उसी ने डाली थी।

"लंग्स में इंफैक्शन हो गया है...।"

"ठीक तो हो जायेगी...नऽऽ...।" अधीरता से बोल उठा था, मैं।

"लंग्स का इन्फैक्शन ठीक नहीं होता। इनका बचना अब डाऊटफुल है। सपाट लहजे में डाक्टर ने कहा था।

पत्नी की चीख निकल गई थी, "तो क्या दीदी अब बचेगी नहीं...।" सुमन रोने लगी थी।

"आय एम. सारी...।" खुराना ने अत्यन्त धीमे स्वर में कहा था, "हम कोशिश कर रहे है।...बट् नॉट श्योर।" और खुराना बाहर निकल गये थे। उनके पीछे सहमे कदमों से नर्स ने भी अपनी राह थाम ली थी। मैं विमूढ़ बना खड़ा रह गया था। 'अब ओमा हमारा साथ छोड़ देगी। चली जायेगी, हमसे दूर एक अन्तहीन सफर में...।'

मेरे हाथ पैर ढीले पड़ गये थे। माथे पर पसीना तिर आया था। मुझे ऐसा लगा था कि मैं सन्निपात् का शिकार हो गया हूं। न किसी पर अपना विरोध दर्ज कर पा रहा हूँ। न किसी तरह का आक्रोश दिखा पा रहा हूं। मैं शायद टूट गया हूं। नहीं मैं डर गया हूं...मौत से। यह ओमा नहीं मर रही है। मैं मरने वाला हूं। डाक्टर मेरे सामने मेरी मौत का ऐलान कर रहे हैं। मैं बेबस बना अपनी मृत्यु को स्पष्टता महसूस कर पा रहा हूं। थोड़ी देर की बात है कि मेरी रूह फना हो जायेगी। तभी मुझे अपने अंदर से शब्दों की हलचल सुनायी देती है, "ताती वाओ न लगई पार ब्रह्म सरनाई। चौगिरद हमारे रामकार दुख लगे न पाई...।" और कोई बड़े जोरो से मेरी बांह पकड़ कर खींचता है। जैसे मेरी आत्मा शरीर छोड़ रही है और कोई अदृश्य शक्ति मुझे खींच कर मेरी रूह को विलग कर रही है। झिंझोड़े जाने पर होश में आया तो पाठ करते हुए पत्नी ने बीच में बोला था, "डाक्टर को बुलाइए दीदी की सांस उखड़ रही है।"

मैं हड़बड़ाया सा बाहर भाग था। खुराना अभी बैठे थे और पर्चे लिख रहे थे मैं उदिग्नता के वेग से बोला था, "बहन की तबीयत खराब हो रही है। वह सांस नहीं ले पा रही है।" छोटी सी दौड़ ने मुझे थका दिया था और मैं हांपने लगा था। डाक्टर ने नर्स से कुछ कहा था ओर वह शीघ्रता से बाहर निकल गई थी। वार्ड में पहुंच कर उसने बहन को आक्सीजन मास्क लगा दिया था। तब तक डाक्टर साब भी आ गये थे। उन्होंने बहन की बन्द पलकों को उठाकर आंखें देखी थी। दिल की धड़कनों को आला लगाकर जांचा था फिर नर्स को कुछ कहा था। नर्स वापिस बाहर निकल गई थी।

"इन्हें आई.सी.यू. में शिफ्ट कर दीजिये...।" मैंने खुराना की ओर देखते हुए कहा था। पर उन्होंने नकार दिया था।

"कोई फायदा नहीं...आप लोग ही इनकी सेवा करें...।" खुराना का आशय

समझ मेरे शरीर में सनसनाहट सी दौड़ गई थी।

इन्होंने बहन का मरना तय कर दिया है।" सोचकर ही रह गया, "यानि अब कोई गुंजाइश नहीं है।" पत्नी की आंखों में घायल परिंदे पंख फड़फड़ा रहे थे।

यह एक बहुत ही डरावनी हकीकत थी कि हम सब बहन की होने वाली मौत का इंतजार करने के अलावा और कुछ नहीं कर सकते थे। जबकि डाक्टर की एक छोटी सी गलती ने मृत्यु का निवाला बना दिया था, बहन को।

दीर्घ उच्छ्वास छोड़ा मैंने। इस प्रक्रिया में आटोग्राफ पुस्तिका हाथों से छिटक कर नीचे गिर गई। उठाते हुए मैंने उसे माथे से लगाया। जैसे कोई पवित्र ग्रंथ हो। सच में ग्रंथ ही तो था जहां असीम यादों का पुलन्दा सफो में कैद हुआ पड़ा था।

जोगिया से प्रीति कियां दुख होई

मैट्रो से न जाकर श्यामला ने ऑटो करना ही बेहतर समझा। वैसे भी वह समय लेकर ही घर से निकली थी। कार्यक्रम स्थल तक पहुंचने में घण्टा, सवा घण्टा तो लग ही जाना था। फिर मैट्रो की धक्कम-मुक्कम से भी उसे निजात मिल गई थी। दीर्घ निश्वास लेते हुए श्यामला ने प्रवेश के साथ हुई बातों को एक बार फिर सिलसिले वार सोचना शुरू किया। यही कि प्रवेश कह रहा था, "समरेश जी के अन्दर तुम्हारे लिए एक साफ्ट कार्नर बन गया था। जिसकी वजह से उन्हें तुम्हारी हमेशा फिक्र रहती थी...।" शायद नही इसके पहले प्रवेश ने चलने को उद्धत श्यामला को रोकते हुए कहा था, "आज समरेश जी के उस रहस्य पर से पर्दा उठा रहा हूं जिसका सम्बन्ध सीधे तुमसे है। हो सकता है तुम्हें विश्वास न हो...लेकिन ऽऽ...।" प्रवेश ने अन्तिम शब्द चबाते हुए कहे थे, "यह जीती जागती सच्चाई है...कोई भ्रम नही...कोई लाग-लपेट नहीं कि तुम यह समझो मैं तुम्हें किसी झांसे में डाल रहा हूं।"

श्यामला ने प्रवेश की आंखों में तैरते लाल डोरे देखे थे। लेकिन उसकी बातों मे अविश्वास करने जैसा कुछ था, नहीं।

"मैं किसी का जीवन नहीं बर्बाद कर सकता...समरेश जी ने कहा था...मुझे इसका कोई हक नहीं।" प्रवेश भूमिका बांधता सा लगा श्यामला को। आतुरता के बावजूद सुनने में कोई जल्दबाजी नहीं दिखाई थी, उसने। पर इतना तो जरूर श्यामला को समझ आ गया था कि प्रवेश पर चढ़ गई है। इसके पहले भी उसने

प्रवेश को पिये हुए पाया है। पर वह संयत ही नजर आया। वैसे उसकी हरकतों में कोई उच्छृंखलता उस समय भी नहीं दिखी थी। सिवाये उसके अधिक बोल जाने के अलावा। वैसे स्वर उसका सामान्य से हट कर थोड़ा बहुत ही बहका-सा लग रहा था।

"मैं भी उसे लेकर बहुत पजेसिव हो गया हूं। इसका यह मतलब नहीं कि मैं भी उसकी तरह अपनी दीवानगी दिखाता फिरू...न दिखा सकता हूं, न कह सकता हूं। यह खामोश अल्फाज़ों का वो सागर है जिसे हलाहल बनाकर केवल पिया ही जा सकता है। कहते हुए प्रवेश ने एक छोटा सा घूंट नीचे उतारा।

इतने बरसों के बाद जब समरेश जी का सच श्यामला के सामने आया। उसका अस्तित्व बर्फ के फाहों की तरह झड़ने लगा था। न व जमीन पर थी, न हवा में। गुरूत्वाकर्षण की जद से परे महसूस किया था उसने। बिल्कुल भारहीन की स्थिति में। वह कल्पना भी नहीं कर सकती थी कि समरेश जी की उसके प्रति कुछ इस तरह की सोच कब उनके मन में पलिवत हो आयी थी। इतनी बड़ी बात कहने के लिए कौन सा डर उन्हें मथे जा रहा था जो प्रवेश को कह डाला। उसे नहीं कहा। कह तो देते...ये श्यामला कभी उनके रास्ते न आती। दूर हो जाती हमेशा के लिए। कम से कम न पाकर भी उन्हें पा तो लेती।

इन सबके परे उन पलछिनों की कल्पना ने उसके बदन के पोर-पोर में रंग भरने शुरू कर दिये थे। वह पुलकित हो आयी थी। बावजूद इसके उसे समझ नहीं आया कि वह इन क्षणों का उपयोग कैसे करें। इन लम्हों से गुजर रहे अहसासों को कहीं फ्रीज कर लें और जब उसका मन चाहे वह इन्हें बाहर निकाल कर आत्मसात् कर सके।

रात वासू के संग लेटने में उसे यही महसूस होता रहा उसके साथ समरेश जी हैं। वासू ने उसके हाथ में अपना हाथ रखा तो उसे यूं लगा कि यह समरेश जी का हाथ है। लेकिन नहीं वह जल्दी ही चेतन्य हो आयी। समरेश जी के हाथों का स्पर्श बहुत ही कोमल था। एक बार बिल्कुल उसके करीब कोई कार आकर रुकी थी। वह चिहुंक गई थी। पीछे हटने के प्रयास में अचानक उसका सन्तुलन बिगड़ गया था। वह गिर ही जाती लेकिन समरेश जी ने उसका हाथ थाम उसे वापिस खींच लिया था। नर्म मुलायम और पसीजी हुई हथेली का

अद्‌भुत अहसास उसे आज भी विस्मृत नहीं हो पाया है।

लेकिन इस सच्चाई से इंकार नहीं किया जा सकता कि प्रवेश के रहस्योद्‌घाटन से समरेश जी के अध्याय के बरसों से बन्द चले आ रहे वे पृष्ठ खुल गये थे जो सीधे सीधे श्यामला के जीवन से जुड़ें हुए थे लेकिन समरेश जी की निरपेक्षता ने कभी भी श्यामला को उन पृष्ठों पर दखल देने की इज़ाजत नहीं दी थी। फिर भी एक अमिट याद बन कर श्यामला की कब्रगाह में वे दिन दफन हो गये थे। आज उसे सब कुछ याद आ रहा है। उनकी पहली मुलाकात रेलवे स्टेशन पर हुई थी। कोई पहचान अथवा चिन्ह तो किसी को मालुम नहीं थे। समरेश जी सीधे ही श्यामला की आरक्षित शायिका तक पहुंच गये थे, आप श्यामला राजदेव...।"

"जी...ऽऽ...।" बड़ी शालीनता से श्यामला ने उठकर दोनों हाथ जोड़ दिये थे, "नमस्ते ऽऽ...।"

शिक्षा परिषद की तरफ से श्यामला को समरेश जी की संक्षिप्त आत्मकथा लिखने के लिए भेजा गया था। समरेश जी की कुछ रचनाएं हिन्दी के पाठ्यक्रम में शामिल की गई थी। उनके जीवन परिचय पर छोटा सा आलेख तैयार करना था। समरेश जी को जानने समझने के लिए जरूरी था उनके समीप रहना। इसके लिए श्यामला उन्हीं के घर पर रुकी भी थी। इन तीन चार दिनों में वह समरेश जी और उनके परिवार से कुछ इस तरह से हिल मिल गई थी कि उन्हें देख कर कोई यह नहीं कह सकता था कि वे दो चार रोज से परिचय से बंधे हुए हैं। बरसों से साथ रहने जैसा बर्ताव उनके मध्य पनप गया था। अभिलाषा का स्वाभाव मिलनसार और ममत्व भरा था, श्यामला को लेकर। समरेश जी की बड़ी बेटी से कुछ बरसों का फासला ही था उसकी उम्र में। जाहिर है अभिलाषा का उसके प्रति व्यवहार बेटी तुल्य ही हो सकता था। लेकिन श्यामला का उन लोगों से दूर जाने के बाद समरेश जी के प्रति उसके मन में कब और कैसे उन कोमल भावनाओं ने जन्म लिया था जिसका आभास होते ही उसने अपना आप समरेश जी पर अर्पित कर दिया था। यह जानते हुए कि इस प्रतीति की परिणीति कतई नामुमकिन सी थी। पर श्यामला के अपने आपको समझाने के बाद भी लाइलाज बीमारी की तरह वह उसमें ग्रसित होने लगी।

एक दिन उसने पेजर जैसे सन्देश वाहक यन्त्र से अपने अन्तर में दबी उस

इच्छा को शब्दों का जामा पहनाकर सन्देश समरेश जी को भिजवाया था कि वह उनके लिए अपने मन में किस तरह की भावना को पाले हुए है। लेकिन पलट कर समरेश जी ने कोई जवाब ही नहीं दिया था। बाद में समरेश जी ने श्यामला को समझाते हुए एक चिट्ठी भेजी थी। जिसका आशय कुल मिलाकर यह था कि यह उसकी उम्र का बचकानापन है। वह हर्गिज-हर्गिज अपने मन से ऐसे ख्याल निकाल दे। हां उन्होंने उससे एक अच्छे दोस्त की तरह पेश आने की तजवीज जरूर दी थी। यह बात अलग है श्यामला के मन में समरेश जी के भाषण का कोई असर नहीं हुआ था। बल्कि वह इस घटना के बाद से और ज्यादा बिंदास हो गई थी। टेलीफोन से बातें करते हुए वह कुछ न कुछ भाषाई संकेत व्यक्त कर दिया करती अपनी भावनाओं का इजहार करते हुए।

एक दिन तो श्यामला ने यहां तक कह दिया था कि वह समरेश जी के बगैर की कल्पना भी नहीं कर सकती। इससे अच्छा बिन ब्याही रह जायेगी। मन में आक्रोश तो था। उसने कई दिनों तक समरेश जी से बात नहीं की थी। आखिर समरेश जी ने फोन पर बात की थी। सुखद वार्तालाप कहना गलत होगा। अच्छी खासी डांट पिला दी थी। फिर बच्चों की तरह बड़े लाड़ से समझाया था। उस दिन इतना जरूर निकल गया था उनके मुख से, "अपनी पत्नी को धोखा नही दे सकता। उसका मेरे सिवाए कोई आसरा नहीं है...। तुम किसी अच्छे से , देख-भाल कर...लड़के से शादी कर लो। यार जरा कल्पना करो...! सहज होते बोले थे, "मेरी तुम्हारे साथ जोड़ी बन सकती है...क्या। मेरी तुम्हारी उम्र में कितना अन्तर है...।" क्षणांश तक रुके थें। फिर धीमी आवाज में बोले थे, "मैं अपनी पत्नी परिवार के साथ ऐसा सोच भी नहीं सकता...!" उसके बाद उनका देर तक लम्बा ऊबाऊ और आदर्शवादी छाप का भाषण चलता रहा था।

लेकिन प्रवेश ने जो कुछ भी कहा वह बेहद यातनामयी कटु सत्य था। इसलिए नहीं कि यह सब उसे पहले नहीं पता चल पाया। बल्कि यह सोचकर श्यामला को बेहद तकलीफ हुई कि समरेश जी ने अपने आपको कितना रोका होगा। कितना कष्ट सहा होगा...नहीं शायद किसी औरत के अन्दर पल रहे जीव को खण्डित करने पर जिस आत्मिक पीड़ा से वह गुजरती है कुछ वैसा ही दर्द भोगा होगा उन्होने। हो सकता है अकेले में वह रोये भी हों। जरा जरा

सी बात पर तो उनकी अश्रुधारा बह निकलती थी। गहरी संवेदना से उनका मन भरा-भरा ही रहता था। जरा-सा झटका लगा नहीं कि छलक पड़ा। कुछ ऐसा ही उस रोज हुआ था।

कहीं से घर आतें समय अचानक समरेश जी ने अपनी स्कूटर मुख्य सड़क को छोड़कर किसी गली में ले ली थी। श्यामला को आज भी अच्छी तरह से याद है। एक जगह गाड़ी रोक उसे बताने लगे थें, "यहां कहीं एक चाय की दुकान हुआ करती थी...बहुत साल पहले। मैं अपने मित्र के साथ इसी गली से निकल रहा था...तो अपने पिता जी को झोपड़पट्टी होटल में बैठे देखा था। शायद चाय पीने आये हों। किसी से बातें कर रहे थे। पास में ही एक मील थी जहां वे काम करते थे...!" कहते हुए समरेश जी ने श्यामला की तरफ देखा था। श्यामला की नजरें हठ्ात उन पर पड़ी थी। उनकी आंखें पनीली हो गयी थी। श्यामला हैरानकूल कुछ सोचती इससे पहले वह पुनः बोले थे, "मुझे बहुत अपनापन-सा लगता है यहां से गुजरना। आज भी मुझे लगता है मेरे पिता जी उस अदृश्य दुकान में बैठे मुझे देख मुस्कुरा रहे हैं।" आगे कुछ कह नहीं पाये थे और स्कूटर आगे बढ़ा लिया था।

"बहुत ही सेण्टीमेण्टल है आप ऽऽ...।" इतना ही कह पायी थी, श्यामला। समरेश जी की इस भावुकता को उसने अपने आलेख में कहीं उल्लेखित भी किया था। फिर उनकी संवेदना का यह एक अछूता पहलू था जिसके बिना समरेश जी की स्वाभावगत् विशेषता को न दिखाना अन्यायपूर्ण होता। बहुत जल्दी किसी में घुलते-मिलते नहीं थे। लेकिन रच-बस जाने के बाद उनकी प्रकृति में आश्चर्यजनक परिवर्तन सामने वाले के लिए दिखता था। एक समर्पण सा। समरेश जी के ऐसे व्यवहार ने ही श्यामला को उनकी ओर आकर्षित किया था। इससे भी अधिक एक आमंत्रण सा मिलता महसूसा था। समरेश जी के समूचे व्यक्तित्व से। लेकिन समरेश जी को पाना, खुदा को पा लेने जैसा था। जिस तरह से खुदा की इबादत करने पर उसे नहीं पा सकते, सिवाए अपने आपको तसल्ली देने के अलावा वैसे ही समरेश जी के प्रेम की माला जपने के बावजूद उन्हें पाना नामुमकिन था।

श्यामला के लिए समरेश जी की भक्ति किसी पूजे जाने वाले भगवान से

कम नहीं थी। लेकिन वे आहिल्य थे। मेनका ने विश्वामित्र की तपस्या अपने रूप-यौवन से भंग कर दी थी। पर समरेश जी ने श्यामला के लड़कीत्व के आकर्षण से अपने आपको बचाये रखा था। जबकि किसी साहित्यिक समारोह के अवसर पर दोनों को ही अक्सर बाहर जाना पड़ता था लेकिन समरेश जी ने जैसे अपने लिए एक लक्ष्मण रेखा खींच के रखी थी श्यामला को लेकर। पर श्यामला का व्यवहार कुछ न होते हुए भी पत्नी तुल्य जैसा रहता था। उनके कपड़े-लत्ते, खाना-पीना और दवाईयों तक की समय-सारणी उसे कंठस्थ हो गई थी।

एक तरह से अभिलाषा भी श्यामला के साथ रहने से आश्वस्त रहती। वैसे भी समरेश जी ने अभिलाषा को श्यामला की चाहत के बारे में कभी नही बताया। बता देते तो वह कब की समरेश जी की जिन्दगी से निकाल दी गई होती। बस यहीं पर आकर श्यामला को लगता था कि समरेश जी का उसके प्रति कहीं न कहीं कुछ झुकाव सा अवश्य हैं। इसी को उम्मीद की किरण मानकर वह अपनी भावनाओं को सिंचित किए जा रही थी। लेकिन समरेश जी निष्ठुरता की हद तक निरकुंश हो गये थे।

यह बात तो तय थी समरेश जी श्यामला का दखल अपनी जिन्दगी में नहीं चाहते थे तभी अपनी चाहत प्रवेश के सामने जाहिर की और प्रवेश से जब इतने बरसों बाद यह सब श्यामला को बताया तो उसे लगा समरेश जी के लिए उनका प्रेम व्यर्थ नहीं गया है। आज एक चातक की तरह उसने स्वाति की बूंद पा ली है जिसके लिए वह इतने दिनों से तड़प रही थी। 'अन्तर प्यास चात्रक ज्यों जल की सफल दर्शन कद पाओ। इस अहसास मात्र से वह लबरेज हो गई। उस तपस्या की परिणीती उसने अपने अन्तर में महसूसी जिसे बरसों से निर्विधन किए चली जा रही थी।

इतना ही नहीं समरेश सम्मान को आज राष्ट्रीय स्तर का दर्जा प्रदान कर दिया गया था। यह श्यामला की लगन और परिश्रम का ही परिणाम था जो आज उसे मिला। समरेश जी के जन्म दिवस के अवसर पर हर वर्ष किसी भी नवोदित या युवा लेखक को प्रोत्साहन स्वरूप सम्मानित करने की एक परम्परा शुरू की थी श्यामला ने। आज भी उसे वो दिन याद है उन दिनों मोबाइल का

इतना चलन नहीं हुआ करता था। समरेश जी ने तभी मोबाइल खरीद था और एक दिन उसमें सौ साल आगे का कैलेण्डर खोलकर उसे दिखाते हुए बोले थे, "मेरी जन्म तिथि इस दिन पड़ती है...पर सौ साल बाद मेरा जन्म दिन कोई नहीं मनायेगा। मेरे बच्चे के बच्चे होंगे उन्हें कहां याद रहने वाला यह दिन। सभी अपने आपमें मस्त और व्यस्त होंगे। कुछ कह नहीं पायी थी श्यामला पर एक शीत लहर उसने अपने अन्दर उतरते महसूसी थी। कांप गई थी वह। मौत के उस भयानक सत्य से। जाना तो सभी को है एक दिन लेकिन समरेश जी की अनुपस्थिति की कल्पना ने उसे असहज बना दिया था। समरेश जी के सामिप्य की उसने तीव्रता से जरूरत महसूस की थी। उसका जी चाह रहा था वह उनके सानिध्य को अंगीकार कर लें..नहीं अपने आपको उनके अस्तित्व में फना कर दें। लेकिन समरेश जी ने कभी ऐसा मौका ही नहीं आने दिया था। पर हठी श्यामला की लालसा उनकी बेरूखी देख बढ़ती ही चली गई थी। जो उसके विवाहोपरान्त भी कायम रही।

प्रवेश से हुई बातों के बाद जैसे उसके जीने के मायने ही बदल गये। उसे वासू के साथ अब तक का दाम्पत्य जीवन ही बेमानी लगा। सच ही तो था कहां समरेश जी की उसके तन-मन में रची-बसी छवि और कहां वासू...पराया मर्द सा अपना अधिकार जमा कर पैठ गया था उसकी जिन्दगी में। उसे लगा अब वह वासू के साथ हर्गिज नहीं रह पायेगी। अर्पित कर देगी अपना आप समरेश जी पर, श्याम की मीरा बनकर। उनकी कविताओं में...कहानियों में अपना जीवन उतार देगी। यह जीवन समरेश जी की धरोहर है। इसके लिए भले उसे सबको छोड़ना ही क्यों न पड़े। लेकिन अनन्या...। क्या उसे छोड़ पाना संभव होगा। उसके लिए। अन्नया ने उसके मर्म के साफ्ट कार्नर को छू लिया था। वासू से निपटने की ताकत उसमें थी लेकिन अनन्या से नही। उसके उठाये गये किसी भी तरह के कदम सीधे सीधे अनन्या के निजत्व को आहत कर देंगे। अनन्या को उसने कैसे भुला दिया था। बहुत दूर तो नहीं थी जो विस्मृत कर बैठी थी, उसे।

समरेश जी के प्रति अन्नया के सकारात्मक रवैये के आगे श्यामला निहत्थी हो गई। कहीं बेटी का विश्वास समरेश जी के प्रति डगमगा गया तो उसकी समरेश जी के साहित्य के लिए की गई साधना को टूटने में जरा सा भी विलम्ब

नहीं लगेगा। लेकिन अब वासू के साथ रहना...उसे दोचित्ती में डाल रहा था। अनन्या तक पहुंचने के लए वासू वो पुल था जिसके टूटने से श्यामला से अनन्या झटके से उसकी पहुंच से दूर हो जाती। तोड़ नहीं सकती थी उस पुल को जिससे होकर वह अन्नया तक पहुंचती थी। उसे खो देने का मतलब समरेश जी के कार्यो पर विराम लगाना था। उनकी एक पुस्तक पर अनन्या शोध कर रही है।

सोचें रेशों की तरह निकलती बढ़ती जा रही थी और एक जगह पहुंच कर उलझ कर रह गई थी। उलझी सोचों के किसी एक सिरे पर अनन्या थी। जितना उसे अलग करने की कोशिश करती उतना ही गुंझल बढ़ता जाता। हार कर उसने सिरों को यूं ही छोड़ दिया नियति पर और इंतजार करते बैठ गई। लेकिन चैन तब भी नहीं मिला। आखिर उन सोचों का एक छोर तो उसके जेहन में कहीं दबा पड़ा था। न अलग हो सकती थी न छोड़ सकती थी। फिर भी उसने अपने से अलग करने की कोशिश की तो लगा सारे रेशे उसके हाथ से फिसलते जा रहे हैं, इतनी तेजी से कि वह उन्हें खींचने के प्रयास में गिर पड़ती है और सिर उसका किसी से टकराता है। 'ऊ' ई कहते हुए हल्की सी चीख उसके मुख से निकलती है। तभी आगे से आवाज आती उसे सुनाई पड़ती है, मैडम कस के पकड़ कर बैठिए। सड़क पर खड्ढ़े है।

"तुम धीरे चलाओ...।" श्यामला अपना सिर सहलाते हुए बोली। ऑटो चालक ने रफ्तार थोड़ी कम कर दी। लेकिन ऑटो की उछल कूद बन्द नहीं हुई। श्यामला बड़बड़ाती रही जब तक कि उसका गन्तव्य नहीं आ गया।

अनन्या उसे मुख्य द्वार पर ही मिल गई। उसकी गाड़ी विलम्ब से आयी थी। वो स्टेशन से सीधे समारोह स्थल में आ गई थी। श्यामला ने उसे अपने अंक में कसके भींच लिया। अचानक श्यामला की नजर मंच में स्थित समरेश जी के तैलचित्र पर पड़ी। कुछ सोचते हुये और वर्तमान की स्थिति में श्यामला ने अनन्या की बांह पकड़ी और सभागार में दाखिल हो गई। नेपथ्य से मीरा के संगीत की स्वर लहरी हौले - हौले कदमों से चहल कदमी कर रही थीं, मैं तो गिरधर के घर जाऊं...गिरधर म्हारौ साचो प्रीतम...देखत रूप लुभाओ...।"

अनन्या को थामे श्यामला सीधे समरेश जी के तैलचित्र के सामने जा खड़ी

हुई। कुछ कहने के लिए उसने अपने होंठ खोले। लेकिन तुरन्त ही शब्द अन्दर ही जज़्ब कर लिए। ठीक है कि आज उसने समरेश जी को पा लिया है। जिन्होंने जीते जी कभी अपने प्रेम का इजहार श्यामला से नहीं किया। पर अपनी मुहब्बत को अपने मित्र के सामने कबूल तो किया। यह खुशी श्यामला के लिए सब कुछ पा लेने की अभिव्यक्ति का वो चरमोत्कर्श बिन्दु था जिसके सामने रिश्ते कोई मायने नहीं रखते।

बांह छोड़ अनन्या की श्यामला आगे बढ़ी और समरेश जी के चित्र के साथ लिपट गई। विस्फारित हो गये नेत्रों से देखती अनन्या सिर्फ इतना ही कह पायी, "मम्मी...।" और श्यामला को अपनी बांहों के घेरे में ले लिया। उलझे रेशे खुद-ब-खुद सुलझ गये थे।

कौन जाने पीर पराई

आये हुये लोग धीरे-धीरे करके सब चले गये थे। बाबू किशोरी रमण सभ्रम की स्थिति से निकलते हुए चेतन्य हुए तो रसोई से पत्नी के सुबकने की दबी-दबी सी कांपती आवाजे उनके कानों में पड़ी। सुलक्षणा रो रही है। कान रसोई की तरफ धरते हुए किशोरी रमण ने एकाग्रचित होकर ध्यान लगाने की चेष्टा की। जी मे आया, उठकर पत्नी के पास जायें उसे तसल्ली दें। पर निढ़ाल होकर वहीं कुर्सी में बैठे रहे। जो कुछ भी था, सब मन में ही उमड़-घुमड़ कर रह गया। फिर कहने का फायदा भी क्या। बीती बातों की लकीरें कब तक पीटतें रहेंगे। अभी-अभी दोनों एक साथ बैठे बातें कर रहे थे। मुखर हो आयी चुप्पी के बीच में अचानक अन्नू का नाम आ जाने से जैसे अन्तर में कांच की किरच मानिन्द टीस जाकर चुभी थी। निशब्द आह प्रस्फुटित हुई थी किशोरी रमण के होंठों से। फिर अपने आपसे ही कह कर रह गये थे, "किसी को भी न दिखाये ईश्वर... ऐसे दिन।" और अनायास ही शिल्पा के रूमाल को जो जाते-जाते यहीं भूलकर छोड़ गई थी। हाथ में पकड़ मसोसने लगे थे।

शिल्पा अपने पति अविनाश के साथ तय की गई तिथि पर भारत आ गई थी। हालांकि उन्हें पूरे प्रकरण से अवगत करा दिया गया था। उन लोगों को ही नहीं, बल्कि सूचना तो सभी को भेज दी गई थी। बावजूद इसके शिल्पा के अलावा बाबू किशोरी रमण के बचपन के मित्र शिवकरन दास भी अपने भरे-पूरे परिवार दो बेटों व बहुओं संग आ विराजे थे। हालांकि किसी के आने का अब कोई

मतलब नहीं रह गया था। पर शिवकरन दास जहां अपना मित्र धर्म निभाने चले आये थे। वहीं शिल्पा भी मामा-मामी के दु:खों को सांझा करने के ख्याल से आ गई थी। इसके पीछे उसकी यह भी सोच थी कि वीजा निरस्त कराने से अच्छा है, भारत घूम आयें। विदेश से स्वदेश बार-बार तो आना हो नहीं पाता। चलो ऐसे ही सही। सबके आ जाने से बाबू किशोरी रमण और सुलक्षणा का मन हल्का भी हो गया था। शिल्पा के बच्चों और शिवकरन के बेटे-बहुओं में अन्नू ने भी अपने-आपको संभाल लिया था। हालांकि उसे ज्यादा तकलीफ मां-बाबू जी की मनोदशा को देखकर थी। उसे लगता था चाहे अनचाहे वो ही गलत है। तभी यह सब हुआ है। महीनों पहले से चली आ रही तैयारियां थी जिन्हें अचानक विराम लग गया था। नहीं घर में बने हुए उत्सवी माहौल में मातमी रंग पुत गया हो।

ऐसे कामों में बाजार का काम तो पहले से ही पूरा कर लिया जाता है। बाबू किशोरी रमण ने एक डायरी में सारे समानों की फेहरिस्त, समारोह में होने वाली रीतियों के अनुसार साल भर पहले से बना रखी थी। जिसे बीच-बीच में सिर्फ इसलिए देखा जाता कि कुछ छूट तो नहीं गया है। लेकिन जब भी देखते कुछ न कुछ नया जुड़ ही जाता। फिर उसे लाने की कवायद शुरू होती। अमुक चीज कौन-सी कम्पनी की सबसे अच्छी रहेगी। इसके लिए संजू बकायदा नेट पर खोज-खबर करता फिर बाबूजी को सारी जानकारियां सिलसिलेवार देता। उस ब्राण्ड को गुणवत्ता की कसौटी पर जांचने के लिए दूसरे ब्राण्ड से तुलनात्मक विश्लेषण किया जाता जब कहीं जाकर उसे खरीदा जाता। ऐसे समय में बुजुर्ग दम्पत्ति के चेहरों में उत्साह का अतिरेक दमक रहा होता। उनके व्यवहार से बेटी की शादी की खुशी का आवेग छिपायें नहीं छिपता।

घर में पहला ब्याह था, 'बिटिया निपट जायें तो बहू लेकर आवे। फिर तीरथ पर निकल जाये।' अक्सर बाबू किशोरी रमण पत्नी से कहा करते थे। उनका मानना था। बेटे-बहू को अपनी तरह जिन्दगी जीने की पूरी आजादी देने के लिए उन्हें अकेले छोड़ देना चाहिए। उनके क्रिया-कलापो में किसी तरह का हस्ताक्षेप या अपने मुख्तयार नहीं बनना चाहिए। जब तक शरीर में हरकत है अपना काम किए जाओ। यह कम खुशी की बात है कि लड़का आज अपने साथ है औरों के बच्चों की तरह बाहर या विदेशों में नहीं है। ठीक है कि महीने के पन्द्रह दिन

लगातार साइट में बने रहना पड़ता है। काम ही ऐसा है। समुद्र के भीतर से बाहर आकर कोई रोजाना आना जाना थोडे ही कर सकता है। वहां काम करने वालों का सम्बन्ध एक तरह से बाहर की दुनिया से बिल्कुल कट जाता है। ऊपर की हलचलों से बेखबर बस अपने काम से मतलब रखना। इन पन्द्रह दिनों में काम ही उनकी दुनिया होती है। वहां के लोगों के लिए उनकी बात-चीत ही खबरें। उनके आपस में हुए हंसी-मजाक और ठठे ही रौनक-मेला होते हैं। काम बड़ा मुश्किल असाध्यपूर्ण जो है। जोखिमों से भरा हुआ। आखिर समुन्दर से तेल निकालना इतना आसान है क्या? वो तो बाबू किशोरी रमण की मिन्युसपैल्टी की नौकरी थी जिसे सीधी-साधी पटरी पर दौड़ाते बिता दी। रोज सुबह घर से निकलना। दिन भर ड्यूटी बजाना और शाम को टिफिन उठाकर घर की राह थाम लेना। दिनचर्या का अभिन्न अंग बन गया था बाबू किशोरी रमण के लिए। पैंतीस साल की बेदाग मिन्युसपैल्टी की नौकरी कर जाना भी अपने आपमें बहुत बड़ी बात है। बाबू जी किसी के एक गिलास पानी के देनदार नहीं थे। एल.डी.सी. में उनकी नियुक्ति हुई थी और अन्त तक उसी के होकर रहे। ऐसा था उनका सीट का मोह। एक बार काबिज हुए तो कभी जरूरत नहीं समझी अपने-आपको हटाने की। या यूं समझ लिया जाये कि उनकी प्रकृति, स्वभाव और कार्यशैली ने उस सिस्टम के लिए उन्हें मिसफिट कर दिया जहां दूसरे अपनी चालाकी और जरा सी उठक-पटक से अपने-आपको कहां से कहां पहुंचा देते हैं। आज के जमाने के हिसाब से अगर उन्हें गावदी कहा जाये तो ज्यादा उचित होगा।

आज की मुम्बई उस समय बम्बई हुआ करती थी, जब वह इस समुद्र के महाद्वीप में आये थे। शौक तो उन्हें पान का भी नहीं था। फिर फालतू खर्चों को कौन पूछे। जो जमा किया बच्चों की तालीम में लगा दिया। प्राविडेन्ट फण्ड, ग्रेच्युटी और बचायी हुई छुट्टियों की एक मुश्त मिली रकम से बान्द्रा में फ्लैट लिया। शेष धनराशि लड़की की शादी के लिए बचा ली। शादी में तो कोई कमी नहीं रखना चाहते थे। सही-सलामत, हंसते-खेलते उनकी लाडो विदा हो जाये तो गंगा नहा लिया। बस इतनी सी साध थी उनकी। बड़े मनोयोग से, वे और उनकी पत्नी तैय्यारियों में जुटे हुए थे।

बच्चों में भी सब ठीक-ठाक चल रहा था। मतलब लड़के और लड़की में

बात-चीत का सिलसिला बड़े सौहार्द्रपूर्ण तरीके से कायम था। ज्यादा नहीं तो कभी कभार जूह-चौपाटी की सैर पर चले जाना। दोनों के बीच में बनने वाले रिश्ते की शालीनता और नफासत, बेटी की अपनी मां को दोनो के दरम्यान हुई बातों को बताने से जाहिर भी होती थी। जिसका जिक्र सुलक्षणा रात को सोते समय बाबूजी से किया करती। किशोरी बाबू गद्गद होते और सोचते बेटी के लिए जो सम्बन्ध तय किया गया है उसकी विश्वसनीयता पर कोई सन्देह नहीं किया जा सकता। फिर उन्हें भरोसा था, 'जो कुछ भी होता है उसमें प्रभू राम का ही हाथ होवे। वहीं जोड़ियां बनावे...वहीं पार लगावे...जै श्री राम...।' भगवान को असीम धन्यवाद ज्ञापित करते और निश्चिन्तता से आंखें मूंद लेते।

उन्हें लगता था पिछले जन्म के कोई पुन्यकर्म ही होंगे जो इतना बढ़िया सम्बन्ध उनकी झोली में ईश्वर ने डाल दिया। तभी अपनी तरफ से कोई कोर-कसर बाकी नहीं रखना चाहते थे। दिन-त्योहारों में लड़के वालों को भेजी जाने वाली त्योहारी में बाबू किशोरी रमण दिल खोलकर खर्चा कर रहे थे। एक से एक नायाब तोहफे, खाने-पीने की सामग्री जो बम्बई में नहीं भी मिलती थी। बाहर दूसरे शहरों से मंगवाते। इस बात का खास ख्याल रखते सम्बन्धियों के घर अच्छी से अच्छी नेमते जायें। पीछे बच्ची को कुछ सुनना न पड़े।

बिटिया भी उनकी बड़ी लायक। उच्च शिक्षा हासिल कर नामी कम्पनी में कार्यरत थी। पद, प्रतिष्ठा और अर्थ किसी में कोई कमी नहीं थी। दामाद भी तो किशोरी रमण ने बेटी से कमतर नहीं चुना था। बैंग्लोर में एक बहुराष्ट्रीय संस्थान में उच्चस्थ पद में आसीन था। बस बीच में यही एक कांच की किरिच बनी दिख रही थी अन्नू को। लड़का बैंगलोर में और लड़की मुम्बई में। दोनों के बीच में दूरी काफी थी। लेकिन यही तय हुआ था कि अनु को जब तक बैंगलोर में कोई बेहतर विकल्प नहीं मिल जाता वह मुम्बई में ही बनी रहेगी। अनु इस फैसले से असहज हो गई थी। उसने पावस से बात भी की थी। उसका मानना था। नौकरी करना उसके लिए गृहस्थी की अनिवार्यता नहीं है। अपितु गृहस्थी की जरूरतों को देखते हुए नौकरी को प्राथमिकता दी जा सकती है। अभी ऐसे हालात नहीं है कि दोनों के लिए नौकरी जरूरी ही हो। जैसा समय हो वैसा रूख अपनाना चाहिए, न कि जान-बूझ कर ओढ़े गये दायित्वों को निभाने में अपना वर्तमान

बर्बाद कर दिया जाये। नहीं तो बाद में पछतावा ही रह जाता है। मेथिल्डा और लायज़ल की तरह।

एक बार अनु ने स्कूल के वार्षिक समारोह में मेथिल्डा का चरित्र अभिनीत किया था। बहुत ज्यादा उम्र तो नहीं थी। फिर भी बारहवीं की छात्रा थी, वह। उसके दिल में बहुत गहरे तक असर कर गई थी लायजल दम्पत्ति की कहानी। कैसे मेथिल्डा एक कार्यक्रम में जाने के लिए अपनी मित्र से नेकलेस लेकर आती है और वह नेकलेस उससे कहीं खो जाता है। उसकी भरपाई के लिए मेथिल्डा और उसका पति लायजल तमाम जिन्दगी कमाते हुए ही गंवा देते हैं और जब हीरे जड़ित नेकलेस की कीमत जितना आवश्यक धन इकट्ठा हो जाता है तो नेकलेस खरीद कर वे अपनी मित्र को देने जाते हैं तो पता चलता है कि वह तो एक नकली हीरों से बना आभूषण था जिसके लिए उन्होनें अपने जीवन के बीस वर्ष ज़ाया कर दिए है। जो अब लौटकर दोबारा नहीं आ सकते। मेथिल्डा का किरदार निभाते हुए अनु उसमें इतना खो गई थी कि वह अपने-आप में नहीं रही थी। मेथिल्डा उसकी अन्तरात्मा में समा गई थी। ऐसे ही क्षणों में उसके अन्दर अपने वैवाहिक जीवन को लेकर एक सोच ने जन्म लिया था वह मेथिल्डा का जीवन नहीं जिएगी। वह अपनी जरूरतों को अपने ऊपर हावी नहीं होने देगीं लेकिन उसकी संयमित और मर्यादित परिधियों को पावस की सोच नया प्रारूप देने को आतुर थी।

सुनकर अजीब सा लगा था अनु को। साथ ही इस बात का अहसास भी हुआ था, उसे कि वे लोग अपने से कमतर आंकते हैं, उन्हें।

ठीक है कि वे लोग पुराने जमींदार हैं। गांव में उनकी बिरादरी रसूखवाली समझी जाती है। भले बाबूजी का घर-गांव से कोई सम्बन्ध नहीं। कोई पुश्तैनी जमीन जायदाद नही है। लेकिन इसका यह मतलब नहीं होना चाहिए कि वे लोग अपने-आपको हिजहायनेस समझे। इतना ही नहीं अन्नू जब भी पावस के परिवार या रिश्तेदारों से मिली तो उसे ऐसा महसूस हुआ कि वे लोग उसे अपने आधिपत्य में लेना चाहते हैं। न सिर्फ उसे बल्कि मां, बाबूजी और उसके भाई संजू सबके साथ उनका व्यवहार एक सा है। आधिकारिक पूर्ण। बाबू किशोरी रमण को भी इसका अहसास उस समय हुआ था जब पावस के मामा ने विवाह

स्थल को लेकर बखेड़ा खड़ा कर दिया था।

अच्छा भला मालुम था, सबको। ब्याह का इंतजाम अपने से कहीं अधिक ऊंचे स्तर पर बाबूजी ने किया था। अब कोई दूसरा रिसार्ट या होटेल मिलना मुश्किल था। बाबू जी सिर झुका कर हाथ जोड़े, समर्पण की मुद्रा में आ गये थे लेकिन मामा जी का रूख अड़ियल किस्म का था जो ग्रामाफोन के घिसे रिकार्ड पर अटकी सुई माफिक 'नहीं' पर जा टिका था।

अगले दिन अनु को पावस का फोन भी आया था। वह अपने मामाजी का पक्ष लेते हुए बहुत कुछ बोल गया था। अनु बुरी तरह से आहत हो गई थी उस दिन। बस रोने भर की कसर ही रह थी जो घर जाते वो भी पूरी हो गई। सुलक्षणा का चेहरा अनु की दशा देख विदीर्ण हो गया था। तसल्ली-दिलासा जैसे शब्द पंगु होकर रह गये थे। मां के बहुत पूछने पर अनु ने पावस के साथ हुई सारी बातें कह डाली थी।

सुलक्षणा अनु के मन को चीन्हती थी। प्रथम उसके अन्दर इसी बात ने जन्म लिया कि अनु के भीतर इस विवाह को लेकर विरक्ति न पैदा हो जाये। इससे पहले कि अनु कुछ सोचे उसे सुलक्षणा ने शादी-ब्याह जैसे नाजुक संबन्धों पर नसीहतों का पुलन्दा थमा दिया था। उस समय अनु बिना कुछ कहे वहां से हट गई थी। लेकिन सुलक्षणा को समझते देर नहीं लगी थी कि बेटी की खामोशी में किसी घटना का आमन्त्रण छिपा हुआ है। आखिर मां है बच्चों की थाह पातें उसे देर नहीं लगती। खास तौर से अनु की संवेदना उसे अन्दर तक भींच लेती है। अनु ज्यादा बोलती नहीं लेकिन उसकी मौनता भांप लेती है सुलक्षणा। आखिर वही हुआ। अनु पावस से बातें करनें में कतराने लगी। अलबत्ता फोन ही नहीं उठाती। मां के जोर देने पर सुन भी लेती तो सिर्फ हां-हूं तक ही सीमित रहती। व्हटसएप पर भी उससे बातें करने में बचने लगी उसकी उदासीनता को पावस ने नोटिस में भी लिया। और पावस की मां तक यह बात पहुंचने में देर नहीं लगी। इसी को मुद्दा बनाकर वह एक दिन अपने भाई को लिए अचानक घर पर आ गई। अनु काम पर ही थी।

पावस के मामा ने बातचीत की कमान अपने हाथों में थामते हुए दो टूक फैसला सुना दिया, "अन्नू शायद इस रिश्ते से खुश नहीं है। अगर उसका मन

कहीं और लगा है तो अभी कुछ नहीं बिगड़ा। बात यहीं खत्म कर देते है।"

बाबू किशोरी रमण तो पल भर तक काठ होकर रह गये थे। उनकी बेटी पर अपरोक्ष रूप से आरोप लग रहे है। उनसे जवाब नहीं सूझा था कि क्या कहें अपनी बेटी की सफाई में। सुलक्षणा ने ही जवाब दिया था, "अभी इतनी समझ नहीं है...जो रिश्ते की अहमियत को समझे...पहले तो पढ़ाई में खपती रही। अब नौकरी में डूबी पड़ी है। बेचारी को आंख उठाने की तो कभी फुर्सत मिली नहीं। जहां तक बात करने का सवाल है। बहुत संकोची है। जल्दी किसी से घुलती-मिलती नहीं। शादी हो जाने पर सबसे खूब बातें किया करेगी।"

पर पावस की मां से चार हाथ ज्यादा तेज थे, पावस के मामा। बीच-बचाव के लिए किशोरी बाबू ने बिचौलिए को फोन करके बुला लिया था। बिचौलिया मामा को शादी जैसे नाजुक रिश्तों के बारे में समझाता रहा था और इस मामले को ज्यादा तूल न देने को उनसे कहा था।

"लड़कियों को टाइम लगता है नये लोगों से एडजेस्ट होने में। फिर उसने अपना घर छोड़कर एक नये घर में नये लोगों के बीच में जाना है। कई लड़कियां तो यही सोचकर डिप्रैशन में आ जाती है।"

बिचौलिए की दलील से मन के किसी भी कोनों से उन लोगों को तसल्ली नहीं हुई थी। बाबू किशोरी रमण ने उनको जाते-जाते यह आश्वासन जरूर दे दिया था कि वे अनु को समझायेंगे और वह अब से बातें किया करेगी। लेकिन अनु के ऊपर इन बातों का विपरीत असर पड़ा। पिछली घटनाओं से वह पहले ही खिन्न हुई पड़ी थी। पावस के मामा की ऊल-जलूल सुन भड़क गई थी। मां समझाती रही थी, सब ठीक हो जायेगा...शुरू-शुरू में कई बार ऐसा होता है। लेकिन इसका यह मतलब थोड़े ही है कि कोई शादी से इन्कार कर दे। और मामा ने कौन यहां पड़े रहना है...। पर मां की दलीलों से अनु का कलान्त मन शान्त नहीं हो सका।

वैसे भी ब्याह की तिथि नजदीक आ गई थी और ऐसे समय इस तरह की बातों के उठने के लक्षण शादी-ब्याह जैसे मामलों के लिए अच्छे नहीं होते। फिर भी बाबू किशोरी रमण का सपत्नीक बाजार गमन वैसे ही चलता रहा जैसे पहले चलता था। लेकिन अन्तर में कोई खटका सा बना ही रह गया था। जो तमाम

व्स्तताओं के बावजूद निकल नहीं पा रहा था। पर उनका उत्साह देखते ही बनता था। जोश ऐसा कि बाजार करके लौटते, कभी कुछ भूल जाते तो दोनों उल्टे पैर फिर बाजार भाग जाते। उस दिन भी बाजार से वापिस आते प्रेस से निमंत्रण पत्र लाना भूल गये थे। अगले दिन लड़के वालों को उनके घर जाकर पत्रिका देने की बात निश्चित हो चुकी थी। याद आते ही घर की दहलीज से दुबारा बूढ़े दम्पत्ति बाजार की तरफ लौट गये थे।

निमन्त्रण पत्र बाबू किशोरी रमण ने बहुत ही आकर्षक और भव्य बनाये थे। मुग्ध होकर हाथ में लेकर सुलक्षणा को वे निमन्त्रण पत्र दिखा ही रहे थे तभी पत्नी ने उन्हें टोक दिया था, "फोन बज रहा है...!" झेंपते पर हसते हुए उन्होने कुर्ते की जेब से फोन निकाला था। बिचौलिए का फोन था। रस्मी अभिवादन की औपचारिकता के बाद गोवर्धन दास ने बाजार की चिल्लापों को समझते हुए जरा ऊंचे स्वर में कहा था," भाई जी लड़के वाले कह रहे है...क्षणांश तक बिचौलिया रुका था। इस बीच किशोरी रमण दो-तीन बार, 'हैल्लो...हैल्लो ऽऽ।' कहकर सुनने का प्रयास करते रहे कि शायद गोवर्धनदास बराबर बोल रहे हैं जिसे वह ठीक से सुन नहीं पा रहे है। पर उसी दौरान किशोरी रमण को गोवर्धनदास की खरखराती- सी आवाज सुनायी पड़ी,..."यह शादी नहीं करेंगे। किशोरी रमण समझ नहीं पाये तो बिचौलिए से, "क्या कर रहे है जरा ऊंचा बोलिए...!" कहते हुए उन्होने अपना दूसरा कान बाजार के शोर-शराबे से बचने के लिए बन्द कर दिया। गोवर्धनदास ने अपनी बात पुनः दोहरा दी थी। सुन कर सकते की हालत में आ गये थे, किशोरी बाबू। गला नींबू निचुड़े रस की तरह सिकुड़ा जान पड़ा था। "मैं आता हूं...फिर बात करता हूं।" बिचौलिए ने कहते हुए फोन काट दिया था। "क्या हुआ...किसका फोन है...!" सुलक्षणा बोल रही थी। निमन्त्रण पत्र के बण्डल को भर नजर देखते हुए सुलक्षणा से नजरें मिलायी थी। बुक्का फाड़ कर रो देने जैसी हालत हो आयी थी, उनकी। बामुश्किल उन्होंने अपने आपको नियन्त्रित किया था और गोवर्धनदास ने जो कहा था सब ज्यों का त्यों सुलक्षणा को सुना दिया था सुलक्षणा को यूं महसूस हुआ था जैसे जमीन उसके चारों ओर घूमने लगी है जमीन ही नहीं बल्कि उसका पूरा अस्तित्व ही शून्य की सघन और विरल पर्त्तों में उतराने लगा है। बाबू किशोरी रमण ने

सुलक्षणा को तुरंत थाम लिया और टैक्सी से पीठ टिका दी थी। सुलक्षणा ने खुली-बन्द होती आंखों के बीच में कुछ कहने के लिए मुंह खोला तो शब्द जबान से फिसलकर हवा में गुम हो गये।

बाबू किशोरी रमण ने बड़ी निरीहिता से समान से लदी-फदी टैक्सी को देखा। एकाएक उन्हें कुछ सूझा ही नहीं कि क्या करें। खरीदा सामान जा कर लौटा दें या पीठ पर लदे कुबड़े की तरह ढोह कर घर ले जायें। सुलक्षणा की तरफ देखा। शायद उनका आशय समझ कोई राय दे। लेकिन उसकी हालत उन्हें पहले से ज्यादा खराब नजर आयी। जल्दी से उसे सहारा देते हुए पिछली सीट में बिठा, स्वयं चालक के बगल में जाकर धंस गये थे। सुलक्षणा को संभालतें समय हड़बड़ाहट में किशोरी रमण ने निमन्त्रण पत्र का बण्डल टैक्सी की छत में रख दिया था जो गाड़ी के चलते ही नीचे गिर गया।

घर पहुंचते ही अन्नू से सामना हो गया था। यह उसके घर पर होने का समय नहीं था। शायद घर जल्दी आ गई थी।

मां की हालत अन्नू को अच्छी नहीं लगी थी। बाबू जी की तरफ देखा तो वे उन्हें नजरें चुराते से लगे थे। दोनों के बीच में कुछ कहा सुनी न हो गयी हो। या फिर मां की तबीयत बिगड़ गई हो। सोच कर ही रह गई थी अन्नू और मां को सहारा देने के लिए उसके दूसरे कान्धे में अपनी बांह फैलाए उसे कक्ष तक ले जाने लगी तो सुलक्षणा निढ़ाल-सी अनु पर अपना पूरा बोझा प्रेषित करते हुए यकायक रो पड़ी। अन्नू अवाक्, जड़-सी होते हुए विस्फारित से बाबू जी की तरफ देखने लगी थी। किशोरी रमण तो पहले से ही वहां पर खड़े होने से बच रहे थे। ऐसी स्थिति में तेजी से अगान्तुक कक्ष की तरफ बढ़ गये थे। वह क्या कहेंगे अपनी बेटी से...उसका रिश्ता टूट गया है...लड़के वालों ने शादी से इंकार कर दिया है।

अन्तर में जमा ठोस स्नायु में बहते रक्त की ऊष्णता से तरल होकर बह जाने की प्रक्रिया को अन्दर ही अन्दर पूरी शक्ति से रोकते हुए वह आराम कुर्सी में ढह गये थे। संयम उन्होनें ही अगर खो दिया तो बाकी लोगों का क्या होगा। दिलासाएं तो कब की टूटे बर्तन से रिसते पानी-सी बह गई थी। कुछ भी कह सकने की मन:स्थिति में नहीं थे, वे। लेकिन मां कैसे छिपा सकती थी अपनी

बेटी से। कह दिया था जो फोन से रास्ते में बिचौलिए से बात हुई थी।

अन्नू का चेहरा तो सुलक्षणा उस समय नहीं देख पायी थी। लेकिन कुछ पलों के बाद सनाका खिंचे माहौल में उसकी आवाज कुछ ऐसे सुलक्षणा के दिलों दिमाग में जाकर धंस गई थी। जैसे बर्फ की सिल्ली को सूए में घिसते हुए कोई काट रहा हो। वह सिंहर गई थी और अन्नू की तरफ देखा था। उसके चेहरे की मांस-पेशियां भिंची हुई और आंखों में जैसे अकाल का सूखा उतर आया था। कह रही थी वह, "रात में ही पावस से व्हट्सएप में बात हुई थी। उसने लिखा था, '...कल बताऊंगा...तुम्हें।' मैने बिना जवाब लिखे मोबाइल बन्द कर दिया था।" रुकी थी, जैसे हलक में कुछ फंस गया हो, "मैंने पहले ही कहा था। रिश्ते निभाना अलग बात है और उन्हें ढोना अलग...बिल्कुल अलग बात है।"

"तुम लोगों ने गुड्डे-गुड़ियों का खेल समझ रखा है...शादी ब्याह...!" चीखती हुई मां की आवाज अन्नू के अन्तर में जाकर धंस गई ।

"मैंने क्या गलती की...!" अन्नू का स्वर भी आर्द्र हो आया था। सुलक्षणा बेटी की दशा देख चुप्पी ओढ़ कर रह गई थी। लेकिन अन्दर चल रहा विर्लाप सुर के सप्तम स्वर में हेक लगाते सुलक्षणा को भिगो गया था," अब क्या होगा...बिरादरी को...बाहर वालों को, किससे-किससे मुंह छिपाते फिरेंगे। यह सारा दान-दहेज क्या अपनी छाती में रख कर साथ ले जायेंगे।" घबरा कर किशोरी रमण भी सुलक्षणा के पास आ गये थे। अन्नू बाबू जी को देख हट गई थी।

"चुप हो जाओ...अपने-आपको संभालो...बेचारी अन्नू पर क्या बीत रही होगी। मैं गोवर्धन दास से बात करता हूं। अगर समझूंगा तो पावस या उसके पिता से भी जाकर बात करूंगा।" बड़ी मुश्किल से कह पाये थे, किशोरी बाबू। लेकिन जान गये थे कि रिश्ता तो हाथों से गया। हालांकि जिस तरह से लड़के वालों ने गोवर्धन दास के मार्फत रिश्ते को तोड़ने की सूचना कहलवाई थी उससे किशोरी बाबू को कम हैरत नहीं हुई थी। आखिर हमसे क्या चूक हो गई जिसका यह सिला दिया...।' सोचते हुए उन्होंने पूरे घर पर नजरें दौड़ाई थी। बिग बाजार सा फैला सामान उनके माथे पर दुविधा की सिलवटें खींच गया था।

अगले दिन बिचौलिया आया था। उसकी बातों से लगा था कि लड़के वालों

की नजर में अन्नू का व्यवहार संदिग्ध सा है। गोल-मोल सी बात करते हुए उसने कहा था, "पावस की मां तो बोल रही थी...लेने की हमें चाह नहीं बस्स लड़की का चाल-चलन ठीक होना चाहिए।"

"कोई अपने बच्चों के चरित्र का प्रमाण-पत्र तो दे नहीं सकता। स्कूल तो है नहीं कि चाल-चलन ठीक है लिख कर कागज का पुर्जा पकड़ा दिया।" कहते हुए सुलक्षणा का स्वर भर्रा गया था।

बिचौलिए की बात से बाबू जी का मन भी आहत हुआ था। उनकी बेटी का चाल-चलन ठीक नहीं है। उन्हें अन्नू पर रोष हो आया था। गृहस्थी में छोटी-मोटी तकरार तो होती रहती है। फिर अभी शादी हुई नहीं तो दोनों पक्षों को एक दूसरे के दोष भी जल्दी दिखाई देते है। कुछ ऊंचा-नीचा बोल भी दिया तो उसे दिल से नहीं लगाना चाहिए। अच्छा खासा रिश्ता था। भला चंगा...पढ़ा लिखा और अच्छी नौकरी में लगा। आज कल ऐसे सम्बन्ध दिखते ही कहां है...अपने पांव कुल्हाड़ी मार ली है अन्नू ने...। फिर जो भी सुनेगा रिश्ता टूटने की बात...दोष लड़की का ही निकाला जायेगा। ज़िबाह होने वाले मेमने सी हालत हो आयी थी बाबू किशोरी रमण की। सब कुछ निकल गया था उनके हाथों से। बेबस से होते हुए सहारा तलाशते फिर रहे थे। गनीमत रही कि उनके मित्र शिवकरन दास और भान्जी शिल्पा शादी टूट जाने की खबर सुनने के बाद भी आ गये थे। उन लोगों के आने से घर के मातम पसरे माहौल की फिजा में जिन्दगी पुनर्जीवित हो सासें लेने लगी थी। सबका मन टहक गया था। लेकिन उनके चले जाने से उदासियों ने फिर से पांव पसार लिए थे। अतिथियों के आने से संजू जो छुट्टी लेकर घर में ही टिका हुआ था वह भी साइट में निकल गया था। हां अन्नू बराबर काम पर जाती रही थी। किसी ने उसे रुकने के लिए जोर भी नहीं दिया। जिसमें उसका मन रमा रहे। लेकिन आज जरूर बाबू किशोरी रमण के मन में इच्छा जागी थी कि वह अन्नू को घर पर ही रोक लें। सबके चले जाने से घर बिल्कुल अकेला सा लग रहा था। पर उन्हें लगा यह अकेलापन अन्नू को कहीं और ज्यादा मायूस न कर दें। दफ्तर में रहेगी, काम काज करेगी। चार लोगों संग बातें करेगी तो मन चहका रहेगा। फिर शाम परे तो आ ही जावेगी। चुपचाप नाश्ता करते रहे किशोरी रमण। सुलक्षणा जो पास में ही बैठी थी, बोल पड़ी,

"आज के दिन अन्नू की विदाई होनी थी।"

कुछ सोचते और वर्तमान की स्थिति से गुजरते किशोरी रमण बोले थे, "नहीं...हो चुकी होती और विदाई से आकर ऐसे ही सन्नाटे में बैठे होते।" फीकी सी मुस्कान बाबू किशोरी रमण के अधरों में आते हुए बिजली के लिश्कारे के मानिन्द तुरंत आलोप भी हो गई।

सुलक्षणा गहरी निश्वास छोड़ते बर्तन उठाकर रसोई की तरफ चली गई। उसका विदीर्ण हो गया चेहरा किशोरी रमण की आंखों से छिप नहीं सका था। रूलाई फूटती है तो घर का कोना तलाशती है। फिर वही हुआ जिसका उन्हें आभास हो गया था। सुलक्षणा की सिसकियां खामोशी तनी फिजा में तैरने लगी थी। काफी देर तक अपनी ही सोचों में गर्क बैठे रहे थे किशोरी बाबू आखिर रहा नहीं गया तो धीमे से उठते हुए रसोई में जाकर सुलक्षणा को कुछ कहने के लिए उसके कन्धेपर हाथ जैसें ही धरा। उनके अन्दर का ठोस जो न जाने कब का पिघल कर बाहर आने को उद्धत हुआ पड़ा था। आंखों का बांध तोड़ बह निकला। सुलक्षणा से लगे वह भी किसी बच्चे की तरह फफक-फफक कर रोने लगे।

खुदगर्ज

रवि की नजरें अनायास ही उस पर पड़ी थी। उसके चेहरे में उग आये मनोभावो को पढ़ते हुए रवि दुविद्याग्रस्त हो आया। उसे यह भी महसूस हुआ कि लोग-बाग उसी को देख रहे है। घबरा कर उसने अर्थी में फौरन ही अपना कन्धा लगा दिया। हालांकि वह ऐसा कतई नहीं चाहता था। वह तो महज अर्थी के बगल में चल रहे रामबाबू तक पहुंचने की फिराक में था। पर न जाने क्यूं उस अजनबी व्यक्ति ने यह समझ लिया कि रवि अर्थी को कन्धा देना चाहता है।

बहरहाल जो वह नहीं चाहता था। वही उसी के साथ घटित हो गया। एकाएक उसे लगा अर्थी उसके कन्धे को जोरों से दबा रही है। पल भर के लिए वह भयभीत हो उठा। फिर इसे अपने मन का वहम समझ कर सिर को हल्के से झटका दिया मानों अन्तर मे आये ख्याल को छितरा रहा हो।

घाट ज्यादा दूर नहीं था। यह उसके लिये गनीमत की बात थी। फिर भी उसे उकताहट होने लगी थी। बिना यह तय किये हुए कि अर्थी को कन्धा भी देना है। बेवजह-सी अर्थी उसके कन्धे से आ लगी थी।

मन्नू का निष्प्राण शरीर उसे विक्रमांक के कन्धे से लटका बेताल सरीखा लग रहा था। जो कभी भी बोलने वाला था, राजन अगर मेरे सवालों के जवाब नहीं दिये तो तुम्हारे सिर के टुकड़े-टुकड़े हो जायेंगे।

भरी सर्दी में रवि ने अपने माथे पर पसीना तिर आया महसूसा था। बेचारगी भरी नजरें उसने अपने इर्द-गिर्द घुमायी। शायद कोई चाहवान होगा जो अर्थी को

कन्धा देना चाहता होगा। पर उन सब में उसे ऐसा कोई भी नहीं दिखा! उसके परली तरफ कोई जोरों से बोल रहा था, "राम नाम सत्य है...!" पीछे उतनी ही आवृत्ति से लोगों का समवेत स्वर गूंज रहा था, "सत्य बोलो मुक्ति है।"

उसने अपने आपको सामान्य दिखाने के लिए उन लोगों के साथ सुर से सुर मिलाने की कोशिश की तो उसे लगा यह उसकी आवाज नहीं है। वह घबरा गया और दृढ़ता से दोनों होंठ भींच लिये। कहीं फिर से उसने मुख खोला तो उसी अजनबी आवाज का सामना करना पड़ेगा। जो वह हर्गिज नहीं चाहता था।

उसे खासी कोफ्त हो आयी। आखिर ऐसा कौन सा काम आन पड़ा था जो रामबाबू की समीपता की चाह उसके सीने में उमड़ पड़ी थी। न उसकी तरफ जाता न यह जंजाल उसके पल्ले पड़ता। उसका कन्धा दुखने लगा था और चाल में भी कंपन होते जान पड़ रहे थे, 'यह क्या हो रहा है...।' इस बारे में उसने सोचना चाहा। अचानक गिन्नी का चेहरा उसके सामने आ गया।

पांच-छ: दिन पहले तो आयी थी, घर पर। मन्नू को डाक्टरों ने पी.जी.आई. ले जाने के लिये कहा था। यहां उन लोगों को बिमारी समझ नहीं आ रही थी या इस मामले में और ज्यादा जहमत नहीं उठाना चाहते थे। गिन्नी डाक्टरों की बात सुन असमंजस में पड़ गई थी। जब इन लोगों से मन्नू ठीक नहीं हो पा रहा तो वहां कैसे चमत्कार हो जायेगा। बस्स एक बात ही गिन्नी के दिमाग में घूम रही थी कि वहां के डाक्टर यहां के डाक्टरो से ज्यादा जहीन और कुशल है। किसी ने उसे समझाया था। पी.जी.आई. में ऐसी-ऐसी मशीनें है जो आदमी की बची हुई सांसें भी गिन कर बता देती है। मुफ्त में जांच-पड़ताल होती है। ऐसी सुविधाएं उसे कहीं और नहीं मिलेंगी। रहने-खाने का खर्चा अपना होगा...! गिन्नी के संशय को विश्वास की थाह मिली थी। मन्नू वहां जाकर बच सकता है। लेकिन मौजूदा अस्पताल का बिल चुकता करने के लिए उसकी हथेली बिल्कुल खाली थी। मन्नू के पापा ने कई जगह हाथ-पैर मारे थे। जब कहीं बात नहीं बनी तो गिन्नी उसके पास चली आयी थी।

रवि यह बात अच्छे से जानता-समझता था कि इन मौकों पर धन पानी की तरह बहता है। फिर भी उसने साफ मना कर दिया था। उसे निक्की के लिये स्कूटी लेनी थी। वह तो पिछले बरस से तोते की तरह स्कूटी की रट लगाये बैठी

थी अब कहीं जाकर वह इस लायक हो पाया था। फिर गिन्नी तो ब्याह कर अपने घर चली गई थी। शादी में जितना कर सकता था किया भी था। अब कब तक लड़के वालो की फर्माइशें पूरी करता रहे। कोई समस्या उन पर आ गई है तो यह उनके घर का मामला है खुद निपटायें।

उसकी अपनी जरूरतें भी तो है जो पूरी होने से पहले ही दम तोड़ देती हैं। इसके लिए जब वह किसी के पास नहीं जाता तो दूसरा कोई , क्यों अपना दुखड़ा रोने चला आता है। उसे गिन्नी का आना नागवार गुजरा था। वो यह भूल गया था गिन्नी कोई परायी नहीं अपना खून है। सच में वह शकुन्तला के साथ बिताये समय को नही याद रखना चाहता। नहीं तो कभी इसी गिन्नी में उसकी जान बसती थी। अब जैसे निक्की वैसी गिन्नी नहीं हो सकती। गिन्नी उस औरत से है जिसे पत्नी के रूप में उस पर थोपा गया था शकुन्तला उसे शुरू से नहीं भायी थी। उसे तो मां-बाप की मर्जी या जिद् स्वरूप स्वीकार करना पड़ा था। जब कि निक्की उसकी प्रेमिका से बनी पत्नी से है। यह फर्क मायने रखता है। रवि के लिये भी...और गिन्नी के लिये भी।

यह वही गिन्नी है जिसने अनीता को मां कहने से इंकार करते हुए चपरासिन कहा था। रवि को भी बुरा-भला बोल दिया था। रवि अभी भूला नहीं है गिन्नी के शब्दो को, "अपने घर-परिवार के बारे में सोचा होता तो दफतर में काम करने वाली चपरासिन को मालकिन बनाकर घर न लाते...अरे उस लड़की को जरा भी लाज नहीं आयी जो शादी-शुदा अपने से उम्र में बड़े आदमी से शादी रचा ली। अच्छा हुआ कार्डियक अटैक से मां चल बसी वरना क्या कुछ देखना-सुनना और झेलना पड़ता।" गिन्नी हद से ज्यादा आगे बढ़ गई थी। रवि को लगा था इसे अभी नहीं रोका गया तो इसके दूरगामी परिणाम ठीक नहीं हो सकते। जैसे न्यूटन के नियम कि प्रत्येक क्रिया के विपरीत प्रतिक्रिया होती है कुछ ऐसे ही अन्दाज में उसने गिन्नी के मुंह पर तमाचा जड़ दिया था। गिन्नी की आंखें विस्फारित होकर फैल गई थी फिर पैर पटकते वहां से चली गई थी।

इधर रवि ने भी पहली पत्नी की तेरहीं का इंतजार नहीं किया था और नई नवेली दुल्हन को घर लिवा लाया था। उसकी निर्लज्जता पर घर आये रिश्तेदारो ने मुंह जरूर सिकोड़े थे लेकिन रवि ने हद दर्जे की बेशर्मी ओढ़ली थी इस

पर कुछ लोगो ने यहां तक कह दिया था यह तेरही करने का ढकोसला क्यों। शकुन्तला बेचारी जीते जी भी दु:खी रही और मरने के बाद भी कलपती होगी उसकी आत्मा। अब वही रिश्तेदार मन्नू के क्रियाकरम में उसे जाता देख हैरान हुए बिना नहीं रह पाये थें। जब से शकुन्तला गई थी तब से रवि ने गिन्नी न उसके घर-परिवार की कोई सुध ली थी।

वैसे रवि को इस बात पर परम सन्तोष हुआ था जो उसने गिन्नी को पैसे नहीं दिये अगर भूले से दे भी देता तो मन्नू के उड़ते ही उसका धन भी उड़ जाना था। फिर लड़के वालो की इस मानसिकता को वह खूब अच्छे से समझता है कि लड़की के बाप से लिये गये धन में तो लड़के वालो का ही हक होता है। उसे अभी निक्की भी तो ब्याहनी है। स्कूटी खरीदना तो वक्त की मांग है। आज अगर निक्की दो मील दूर कोचिंग पढ़ने न जाती तो शायद स्कूटी का आना टल सकता था। स्कूल में उसके संगी-साथी सब दो पहिया वाहनों से ही आते हैं। धनाडयो के बच्चे तो कारों से आना-जाना करते है। जमाना बहुत जल्दी बदल गया। इसके साथ चलना भी तो हालात की जरूरत है, अपना जो कटना था कट गया। आगे निक्की की जरूरतें और उसका भविष्य बन जाये तो समझो गंगा नहा लिया।' सोचते हुए घाट की पहली सीढ़ी में उसने अपना पांव बड़े ही एतियात से रखा। लगा...उससे उतरा नहीं जायेगा। ऊपर से अर्थी का भार भी उसके कन्धे पर कुछ ज्यादा था। क्योकि उसके दूसरी तरफ अर्थी को कन्धा दिए हुए आदमी की लम्बाई उससे ज्यादा थी। जिससे अर्थी का झुकाव उसकी तरफ हो गया था। हाथ के सहारे से उसने अर्थी को कन्धे से थोड़ा ऊपर उठाया। ऐसा करने से उसे थोड़ा आराम मिला।

रामबाबू जो कुछ ही फासले पर चल रहा था। रवि को ऐसा करते देख पास आकर उसने अर्थी का एक सिरा खुद अपने कन्धे पर ले लिया। रवि से कुछ एक साल बड़ा होगा रामबाबू। शरीर से भी हृष्ट-पुष्ट है। रवि को इन सब से क्या मतलब अर्थी से निजात पाते उसने खुल कर सांस ली और धीरे-धीरे सीढ़ियां उतरते अन्त में किनारे लगे नल के पास जाकर उसने रगड़ते हुए हाथ धोये। जैसे गलीच सा कुछ चिपक गया हो फिर बेमकसद सा खड़ा हो इधर-उधर देखने लगा। आज मुर्दो की आवाजाही भी कुछ ज्यादा ही थी। घाट भी

आदमियो से अटा पड़ा था।

'मुर्दे इसी तरह से आते रहे तो घाट की जगह कम पड़ जायेगी।' सोचते हुए रवि ने घाट के चारो ओर का मुआयना किया। गोया चितायें उसकी देख-रेख में ही जलायी जा रही हों। कुछ जगहो पर पिछले दिनो में जली चितायें फूल चुनने के इन्तजार में आंखें बिछाये बिखरी पड़ी थीं। कहीं-कहीं पर चिताये सजायी जा रहीं थी। उन्हीं मे से एक खाली जगह में रामबाबू के साक-सम्बन्धी और मुहल्ले वाले लकड़ियां ला कर रख रहे थे।

मन्नू को दो-तीन लोगों ने गंगाजल से नहलाने के लिये चबूतरे पर रख दिया था। उसका शरीर फूल गया था और रंग भी स्याह हो आया था। ज्यादा देर तक रवि उसकी ओर टकटकी लगाये नहीं देख सका तो मुंह फेर लिया, 'फंस गया यहां आकर...।' मन ही मन बड़बडाया रवि। बहुत दिनो से राशन कार्ड का काम अटका पड़ा था। यहां आने से पहले उसी काम को पार लगाने की योजना उसने बना रखी थी। आज का दिन चले जाने से उस पर खीझ सवार हो गई। हार कर उसने फिर से नजरें घुमानी शुरू कर दीं। मुहल्ले के दो-चार लड़के रेलिंग के किनारे खड़े गंगा के बहते पानी को देख आपस में गप्पिया रहे थे। रवि भी उनके पास जा खड़ा हुआ। यहां उसे कुछ सकून मिला। लेकिन ध्यान जो मन्नू पर अटका था उससे निकल नहीं पाया। निक्की के साथ ही पढ़ता था। कभी-कभी निक्की उससे गणित के सवाल हल करवाया करती थी। पढ़ाई में ठीक-ठाक था। लेकिन मौत का कुछ पता नहीं कब-किसको अपना ग्रास बना लें।

घाट में सारी क्रियाएं एक के बाद एक यंत्रवत् सी सम्पन्न हो रहीं थी। पण्डे के चेले मन्नू के लिए चिता बनाने में मशगूल थे। रवि का दामाद महेश नीचे गंगा किनारे बैठ बाल कटवा रहा था। गंगा का पानी घाट की आखिरी सीढ़ी से काफी दूर हौले-हौले बह रहा था।

ज्यादातर लोग मुंह लटकाये खड़े थे या फिर इधर-उधर टहलते नजर आ रहे थे। उनके चेहरों पर उकताहट या जबरदस्ती रुकने के भाव तारी हुए पड़े थे। सही बात है श्मशान घाट में कोई उत्सव मेला मनाने नहीं आता है। भले जिंदगी के जंजालों के इति की अन्तिम रस्म है...यह, जिसे निभाना भी जरूरी है । मरे हुए इंसानों और जीवित लोगों के लिये। कहते हैं किसी आदमी का संस्कार नही

होता तो वह प्रेत योनि में चला जाता है।

"ऐसा सच में होता है।" विश्वास और अविश्वास के बीच में डोलते हुए उसने अपने कन्धे उचकाये। दांये कन्धे पर उसे दर्द महसूस हुआ। कुछ देर ही तो अर्थी को कन्धा दिया था। फिर भार ही कितना रह गया होगा...बेचारे मन्नू का। जरूर मन्नू का भूत उसके कन्धे पर आकर चढ़ गया है। उसकी पेशानी फिर पसीने से भीग गई।

उसे पता ही नहीं चला था कि चिता में आग लग चुकी है। जिसकी आंच से उपजी गर्मी ने उसे बेहाल कर दिया था। वहां से हट कर वह टिन शेड से बाहर खुली हवा में आ गया।

पण्डा कह रहा था, "मृतक के साथ आये सभी लोग चिता की ओर पीठ करके खड़े हो जाये।"

वैसे भी लोगों में हिल-डुल शुरू हो गई थी। उनकी शक्लों में बेवजह-सी खामोशी के पीछे चलने न चलने की कश-म-कश दिखाई पड़ रही थी। रवि की निगाहें दामाद और उसके पिता रामबाबू पर टिकी हुईं थी।

रामबाबू की तरफ के कुछ एक रिश्तेदार सीढ़िया चढ़ते ऊपर जा रहे थे। रवि ने दांये-बांये देखा और सायास ही अपने-आपको उधर की ओर धकेल दिया। उसे देख दो-तीन लोग भी उसके पीछे चल दिये। उसे उन लोगों का साथ मिल जाने से बल मिला और दृढ़ता से कदम नापते सीढ़ियां चढ़ते ऊपर आ गया।

उसे दामाद का चचेरा भाई पेड़े खरीदते दिखा, 'जल्दी आ गये...!' अपने आप से उसने कहा। उसकी निगाहें घूमते हुए अंतिम यात्रा संग आये दो-चार आदमियों पर जाकर ठहर गई। वे सब हैण्डपम्प के पास खड़ें हाथ-मुंह धो रहे थे।

रेलिंग के पास खड़े लड़के इस समय श्मशान घाट से कुछ दूर हटकर गंगा की तरफ जा रहे थे। उन्हें देख रवि ने भी सोचा कि वह जाकर गंगा स्नान कर ले। लेकिन तभी उसके मन में ख्याल आया, हैण्डपम्प के पानी से अपने को पवित्र करने का नुक्ता ज्यादा कारगर है।

दामाद का चचेरा भाई पेड़े लेकर हैण्डपम्प के पास आ खड़ा हुआ रवि ने

हैण्डपम्प से पानी लेकर अपने ऊपर छिड़काव किया और ओम नमो शिवाय कहता चचेरे भाई के निकट जाकर खड़ा हो गया। हठ्ठात उसकी निगाहें दामाद के ऊपर पड़ी जो तेजी से सीढ़ियां चढ़ते ऊपर आ रहा था। जरूर अपने चचेरे भाई से कुछ कहने आ रहा होगा। इससे पहले कि वह अपने भाई तक पहुंचता। रवि लपक कर उसके पास जा पहुंचा। रवि को यूं अपने समीप आया देख दामाद अचकचा गया।

रवि उसके कन्धे पर हाथ रखते हुए बोला, "बहुत दु:ख की बात है... मन्नू का इस तरह से चले जाना...।" कहते हुए क्षणांश तक रुका और दामाद के चेहरे को देखा। वह उसे भाव-शून्य सा लगा। वैसे भी वह दामाद के साथ मातमपुर्सी नहीं कर पाया था। यूं दामाद को आया देख रवि से रहा नहीं गया तो गमगीन-सा हुआ बोलने लगा,"जो कुछ भी हुआ...ठीक तो नहीं हुआ। लेकिन कुछ चीजें इन्सान के वश से बाहर होती है। हिम्मत रखो और घर-परिवार को सम्भालों। उन लोगों को आपके हौसलों से बल मिलेगा।" रवि को लगा वह प्रभावी ढ़ंग से अपनी बात कह गया है। उसे इत्मिनान हो आया और दामाद के निरपेक्ष भाव से आगे बढ़ जाने को उसने ऐसे जताया जैसे उसे किसी की परवाह नहीं। लेकिन अन्तर में कचोट तो जरूर हुई और हौले-हौले चलते हुए वह एक गुमटी के पास जाकर खड़ा हो गया। उसके सामने से ही सर्र से कोई लड़की स्कूटी चलाते निकल गई। उसकी आंखों में चमक आ गई। जैसे कोई वांछित वस्तु प्राप्त हो गई हो।

आज उसकी बिटिया निक्की स्कूटी लेने बाजार गई है। हो सकता है अब तक लौट आयी हो। स्कूटी आ जाने के ख्याल मात्र से वह पुलकित हो उठा। सारी जिंदगी उसकी साइकिल चलाते बीती। अब कहीं जाकर उसके घर के द्वारे इतना महंगा दो-पहिया वाहन आकर खड़ा हुआ है। उसके मद में डूबा वह गिन्नी के लड़के की मौत का अध्याय बन्द करते स्कूटी की याद में गर्वित होते हुए मुस्कराने लगा।

मजमा

"तुम्हें कुछ चाहिए- कुछ भी खाने की इच्छा हो, तो बता दो। बनाती लाऊं या फिर बाजार से ले आऊं।" जमीला की जुबान में शीरी जैसे घुली हुई थी, यों मिठास से लबरेज लफ्ज मुंह से निकल रहे थे।

बशीरा एकदम चुप हो गया था। जमीला के ऐसे तेवर देखकर। चाशनी में डूबे उसके एक-एक शब्द की मिठास के एहसास को हृदयाघात से पीड़ित अस्पताल के बिस्तर पर होने के बावजूद उसने महसूस किया था। लेकिन जाहिर नहीं होने दिया था, दिल दुखेगा- बेचारी का।'

जबकि जमीला अपनी तईं दुखी थीं पढ़ी-लिखी नहीं है पर समझती-बूझती सब कुछ है। यों ही नहीं उमर गुजर गई। भांप गई थी, डाक्टर की बात सुनकर। लेकिन डाक्टर के सामने भय से पीला होता चेहरा साफ-साफ महसूस करने के बावजूद भी उसने चेहरे की मांस-पेशियों को सख्ती से दांतो पर दांत चढ़ाये भींच लिया था। अब जो होगा देखा जायेगा।। फिर यह तो होना ही है। दुनिया तो चला-चली का मेला है। पर वह अपने-आप को ज्यादा देर तक मजबूत नहीं बना पायी। डाक्टर से अलग होते ही वह फफक-फफक कर रोने लगी थी। जब जी हल्का हुआ था तो वह बशीरे के पास चली आयी थी। पूछने के लिये कि कुछ चाहिए तो नहीं। किसी भी चीज का मन करता हो तो बता दो।

यकायक बशीरे को जैसे कुछ याद आ गया हो। यों लट्टू समान आंखें चमकने लगीं। "निकाह के बख्त जो फोटू खेंचे थे...ला देगी।"

"धत्...!" मुर्झाये चेहरे पर लाज की लालिमा बादलो में लगी आग की तरह लिश्कारा मार कर चली गई। बशीरे के मुखमण्डल में ठिठौली करने जैसे भाव आ गये।

"ऐ...जमीला...!"

"क्या है...!" खीझने का नाटक करने जैसे अंदाज में जमीला बोली।

"हाथ देना जरा...।"

"कियूं...!"

"छेड़ने का मन करता है...!"

"हां...हां...अभी देर होती...घर जाकर वापिस आती" और इठलाते हुए जमीला बाहर आ गई थी, जनरल वार्ड से। लेकिन बशीरे से दूर होते ही चेहरा उसका विदीर्ण हो आया था। डाक्टर की बातें उसके जेहन में फिर उभर आयी थी, जस की तस।

"देखो अम्मा...इन्हें किसी चीज के लिए मना नहीं करना। जो चाहे खाने के लिये सब कुछ देना। और खुश रखना। जिद करें तो चुप-चाप सुन लेना। पूरी हो सकती हो...जिद तो वो भी कर देना...मतलब...!" बात अधूरी छोड़ मुण्डी हिला दी थी, डाक्टर ने। जैसे बुढ़िया सब समझ रही है। सही भी था। दहल गई थी अन्दर से जमीला।

"इसका मतलब...अब क्या...!" डाक्टर से कुछ पूछने की हिम्मत नहीं कर सकी थी। उसे बात का इल्म हो आया था कि बशीरे के लिये पिया मिलन की घड़ी आ गई है। होठों पर जमीला के, छितरी हुई संतरें की फांको की मानिन्द मुस्कान आ कर तुरंत लोप भी हो गई।

बशीरा जब भी उससे रूठता तो गुनगुनाने लगता, 'पिया मिलन को जाना-पिया मिलन को जाना...हां...।' और जमीला लाड़ से उसे झिड़क दिया करती। ऐसी छोटी-मोटी नोंक-झोंक अक्सर ही उनके दरम्यान हो जाया करती थी दरअसल गृहस्थी की गाड़ी उनकी सही तारतम्य कभी पकड़ ही नहीं पायी। पटरी लोच खा जाये तो गाड़ी पलट जाती है बस्स इनकी गाड़ी पलटी नहीं यही गनीमत रही।

किसी समय बहुत अच्छा काम था रोजाना ढेर पैसों की पोटली उठाये घर

वापिस आते थें, दोनों। बशीरे का तमाशा देखते ही बनता था। शरीर के अंगों की लोच और सधे तरीके से कलाबाजियां खाता, बशीरा जब जमीन नापता तो तालियों की गड़गड़ाहट से पूरा माहौल गूंजने लगता। उसके करतब उन्नत तकनीक और हैरतअंगेज कारनामों से भरे हुये थे दिल थामकर, सांस रोके जड़ से हो जाते थें, तमाशबीन जब कोई कारनामा अंजाम देता। ऐसा ही उसका खेला था। जिसे उस क्षेत्र के लोग बेहद पसंद करते थे। वैसे भी जमीला व बशीरा का खेल जहां भी लगता, मजमा जुटने में देर नहीं लगती। फिर भी उसका चिरपरिचित खास खेल जिसने उसे मदारियों की जमात में मशहूर कर रखा था।

सिर को दोनों हाथों से पकड़कर, दोनों बाहों की कोहनियों को घुटनों से सटाते हुए मैदान का चक्कर काटता, बशीरा यों लगता जैसे बड़ी सी गेंद टप्पे खा रही हो। दर्शकों का मन भी एक बार में नही भरता था दोबारा देखने के लिये उस पर पैसों की बौछार कर देते। बशीरा भी उन्हें निराश नहीं करता। तमाशाईयों की वाह-वाही और उनकी तालियों की गूंज उसके हौसलों को चरम बिन्दु तक पहुंचा देती और बशीरा और नये-नये खेलों की जुगत में अपना दिमाग खपाता रहता।

जमीला का खेल भी कम आकर्षक नहीं था। दोनों ओर बांसों को कैची की आकृति में जमीन में गाड़कर उस पर रस्सी बांध जमीला पग-दर-पग चलती तो ऐसा लगता जैसे हवा में तैर रही हो। ऐसा तमाशा और भी कई नट अपने खेलों में दिखाते थे पर जमीला की चाल में एक रिदम था जो उसे सबसे अलग करता था। इस समय उसके हाथों में कभी गेंद तो कभी तश्तरियां होती थीं। जिसे दोनों हाथों में घुमाते हुए आगे बढ़ती थी। कभी सिर पर कप-प्लेट की मीनार कर रस्सी में झूमती थीं इस दौरान बशीरा दो बड़ी-बड़ी खपच्चियों को अपने पैरों से बांधकर आसमान छूते जमीला के इर्द-गिर्द टहल रहा होता।

जमीला देखने में भी सुन्दर थी। तीखे नयन-नख्श, कमान समान मुड़ी हुई भवें। कसा हुआ बदन। उसे भी जैसे भान था। क्योंकि एक से एक लहीम-शहीम कमर कसे अखाड़े में कूदने को लालायित थे। लेकिन मजाल थी कि जमीला की आंख कहीं ठहर जाये। जहां अम्मी-अब्बा ने टांका जोड़ दिया बैठ गई उसके घर जाकर।

मजमा

बशीरा किसी दूर-दराज के टोले का था, जो नटो का तमाशा दिखाने के अलावा खेती मजदूरी भी किया करता था।

शादी के बाद जमीला भी बशीरे के साथ मिलकर खेला करने लगी थी। उनको इसका फायदा भी मिला। पैसों की आमद बढ़ गई। दोनों एक - दूसरे के साथ खुश भी बहुत थें। पर बहुत दिनों तक अच्छे दिनों ने उनका साथ नहीं दिया।

एक दिन बशीरा अपना खास खेल जिसमें वह अपने शरीर को धनुषाकार बना लेता था। किसी गेंद की तरह टप्पे खाता मैदान के चक्कर काटता था, वही करतब दिखा रहा था। मजमा दम साधे सजा हुआ था और बशीरा उनके गिर्द उछालें भर रहा था कि अचानक उसका सन्तुलन बिगड़ गया और वह गडढ़े में चला गया। घुटी-घुटी-सी चीखें उसके हलक से निकली थीं और फुर्ती से खड़े होने की कोशिश भी की थी। पर सीधा नहीं हो पाया था। जमीला उसकी दशा देख खेला खत्म करके जल्दी-जल्दी उसे घर ले गयी थी चिक् चली गयी है। ऐसा सोचते, उल्टे पैदा हुए किसी बन्दे से बशीरा ने टोटका भी करवाया लिया था। पर दर्द कम होने के बजाये बढ़ता ही गया था। आखिर हार कर जमीला उसे सदर अस्पताल ले आयी थी। जहां हड्डियों के डाक्टर ने उसकी कमर से पट्टियां बांधकर उसके छोरों पर दो-दो ईंटें लटकवा दिये थे। बशीरे को लग रहा था जैसे उसकी रीढ़ की हड्डी के आर-पार कोई तरल सी शै सनसनाती हुई निकल रही है। बहरहाल एक हफ्ते बाद अस्पताल से उसे छुट्टी मिली थी और डाक्टर ने उसे हिदायत दी थी कि अभी वह कोई भी मजमा नही लगायेगा और जल्दी ही सी. टी. स्कैन कराकर उसके पास आयेगा। फिर बतायेगा कि उसे क्या करना है?

सी. टी. स्कैन क्या था? सीधे- सीधे जीते जी उसकी मौत का फर्मान था। तीन -चार नसे उसकी रीढ़ की हड्डी में जाकर दब गई थी। जिसका इलाज डाक्टर ने आपरेशन बताया था, और जिन्दगी रहते वह दुबारा मदारी का काम नहीं करेगा। झुकेगा नहीं, भारी समान नहीं उठायेगा। हिदायतों के पुलन्दा उसने बशीरे को थमा दिया था।

बहुत रोया था बशीरा उस रोज। उससे उसका रिजक छीन लिया गया था अपाहिजों जैसी जिन्दगी जीने के लिए बाध्य हो गया था। जमीला बड़ी सबर व

समझदार औरत थी उसे बार- बार दिलासा देती, उसकी हिम्मत बढ़ाती। लेकिन बशीरे के सामने उसकी तमाम दिलासायें खोखली और बेदम साबित हुई थी।

इस घटना के बाद से बशीरा दम्पत्ति नीचे गिरे तो उठ नहीं पाये। जमीला अकेले दम पर मदारी का कारोबार नहीं संभाल पायी। बशीरा जरूर उसके साथ होता था। लेकिन भिन्न करतबों का आकर्षण जमीला के पास नहीं था। एक ही तरह के कारनामें रोज-रोज कौन देखेगा। धीरे-धीरे भीड़ कम होने लगी। बशीरा ढ़ोल नगाड़ा पीटता रहता पर मजमा जुट न पाता। वह पुश्तैनी नट था पर शरीर ने उसे बेकार बना दिया था। नन्हें छोटा था और बशीरे ने उसके लिये यह तय किया था कि उसे नट के पेशे से ही नहीं वरन उन सब कामों से दूर रखेगा जो उसके कुनबे वाले करते है। नन्हें को पढ़ा लिखा कर बड़ा आदमी बनाने की उसकी दिली ख्वाईश थी और इसके लिए उसका दाखिला भी अच्छे से स्कूल में करा रखा था। पर नन्हें भी जब तक उनके हाथों में रहा। डाट-डपट और डर से घर पर मास्टर से पढता रहा और नियमित स्कूल जाता रहा। पर जैसे-जैसे बड़ा होता गया, उसकी सोच बशीरे दम्पत्ति की सोच से बेमेल होती गई। डांट और मार का डर उसके अन्दर से निकल गया और अपनी मर्जी का मसीहा बन गया। बिरादरी और कुनबे की तरह ही उसने पढ़ाई को अलविदा कर दिया और दिन भर टोले में घूमता अवारा हो गया। सुनने और न मानने की उम्र तो उसकी कब की निकल चुकी थी। बड़ा क्या हुआ कि उसकी कारगुजारियां पुलिस के रिकार्ड में दर्ज होने लगी और वह बड़े घर का बाशिन्दा बन गया। कब अन्दर रहता। कब बाहर आता। कुछ पता नही। मां-बाप से कोई मतलब नहीं। दुनिया-जहान की कोई परवाह नहीं। हालांकि जरायम पेशा उनके कुनबे-टोले के लिये कोई अछूता नहीं था। पर बशीरे का खानदान कोसों दूर था। पुलिस कचहरी के नाम से उसकी घिग्घी बंध जाती थी। पर नन्हें ने यह भी कसर पूरी कर दी थी।

जमापूंजी तो शुरू में स्कूल-पढ़ाई में चली गई। जो बची-खुची थी, पुलिस कचहरी खा गई। अब तो हालात यह है कि जब तक नन्हें बड़े घर में रहता है। बशीरा-जमीला सकून महसूस करते है। बात ही ऐसी है। बाहर रहने पर जी - का जंजाल जो बना रहता है।

कुछ तो कर सकता नही था, बशीरा। एक तो अपाहिज-सी जिंदगी जीते,

कुछ न कर पाने की हीनता का बोध दूसरे साहबजादे की चिन्ता। दोनों ने मिलकर उसे दिल का मरीज बना दिया। और आज जब डाक्टरों ने उसे जवाब दे दिया है और अस्पताल के बिस्तर पर पड़ा अपनी सांसो का जोड़-तोड़ कर रहा है तो उसे सबसे ज्यादा फिक्र जमीला की हो रही है। जेहन में जमीला का ख्याल पानी में डूबता- उतराता सा महसूस हो रहा है।

'क्या होगा जमीला का...मेरे रूखसत कर जाने के बाद!' नन्हें का नकारापन उसे कचोट गया। सीने में दर्द की लहर सैलाब-मानिन्द उठी और थाम लिया दिल को बशीरे ने। लगा जैसे सांसे टूट रही हो। परेशानी में पसीने से तर हो गया। उसे लगा अब उसका खेला खत्म होने को आ गया है। खुलती-बन्द आंखों में उसने जमीला को दीन हीन और असहाय पाया।

बूढ़ी जमीला के साथ नन्हें का बर्ताव ठीक नहीं है। अकेली जान कैसे पेश आयेगा वह। बशीरा के सामने कैसा-कैसा गुल खिलाता है। कुछ कह दो, भवें तन जाती है। एक बार तो बशीरा के आगे हाथ उठा लिया था अगर जमीला बीच में न आती तो पता नहीं क्या हो जाता। उस दिन के बाद से बशीरा ने चुप्पी साध ली। जमीला ही बोलती थी। आखिर मां जो ठहरी। कलेजे का टुकड़ा है। ठीक नहीं है तो काट कर फेंक देंगे बस ज्यादा दुखी होती तो खुदा को कोसने लगती। बशीरा गर्दन झुकाये सब कुछ सुनता रहता। कभी समझाने लगता, "खुदा को क्यों कोसती है...ये हमारे करम है जब वे ही खोटे है तो किस्मत को कियूं कोसना...!" और जमीला का हाथ अपने हाथ में लेकर सहलाने लगता। जमीला का चेहरा आंसुओं से भीग जाता । बशीरा भी बे-आवाज रोता। आज भी रो रहा है लेकिन जमीला की चिन्ता के खातिर। औलाद अच्छी होती तो कोई काम नहीं था। चुप-चाप आंखें मूंद लेता। पर अब क्या होगा। कुछ करने लायक तो नहीं है बशीरा। पर पास में बने रहने का एहसास कुछ तो सहारा देता है।

जमीला तो एकदम से अकेली रह जाएगी। सोचते - सोचते उसकी धमनियों में खून का प्रवाह तेज हो गया। वह अपने सीने को जोरों से मसलने लगा। तभी जमीला वार्ड में दाखिल हुई और उसकी हालत देख एकदम से घबराते हुए वह 'डागदर -डागदर' कहते हुए चिल्लाई। वार्ड में बैठी हुई नर्स ने सुना तो लपक कर उनके पास आ गई। बशीरे की हालत देख उसने तुरन्त पास में रखी शीशी

से गोली निकाल कर उसके मुंह में डाली और दोनों हाथों से सीना दबाने लगी। जल्दी ही बशीरा सामान्य हो गया। नर्स ने जमीला को मरीज के पास से न हटने की सख्त शब्दों में ताकीद करते हुए चली गई।

"फिर क्या करूं...! ऐ खुदा परवर दिगार जमीला की हिफाजत कर...। वजू करने के अन्दाज में उसने दोनों हाथ हवा में उठाये, "आमीन...!" हो सकता है उसके जाने के बाद नन्हें सुधर जाये, 'आह नन्हें...!' बमुश्किल उसने शब्दों को बाहर आने से रोका। इस प्रयास में उसकी आंखों की कोरों में पानी निकल आया। जमीला न देख ले पलकों को आंखों से दबाया ताकि गीली आंखें छिप जायें। पर पानी बाहर आ गया जिसे जमीला अपनी अंगुलियों के पोरों से पोछने लगी।

प्रीत ना जाने कोय

छबीले की नई ब्याहता भाग गई। खबर सचमुच सच्ची थी और हैरान करने वाली भी। हैरानी की बात इसलिए थी कि पलक आखिर भागी क्यों। छबीले के साथ भाग कर ही तो आयी थी अपने घर से । फिर ऐसा क्या घटित हो गया पलक की जिन्दगी में कि उसे छबीले को छोड़ना पड़ा। उसको फिर से अगर भागना था तो छबीले से शादी की नौटंकी क्यों की। हम लोगो की भी अच्छी फजीहत हो गयी थी इस पलक प्रकरण में। गनीमत रही कि पुलिस कचहरी नहीं हुई। अलबत्ता पलक की अम्मा रमौती ने तो कोई कोर-कसर नहीं बाकी रखी थी।

मुहल्ले-कालोनी में जा-जाकर पंचायत जोड़ती रही थी, 'शर्माइन का हाथ है हमारी लड़की को भगाने में। वो नासपीटा मिस्त्री का बच्चा, साला खूसट दो बच्चों का बाप मेरी लड़की को बहला-फुसलाकर ले उड़ा, शर्माइन की नाक के नीचे से।' और भी ना जाने क्या-क्या कहा होगा रमौती ने हम लोगो के खिलाफ। लेकिन जितना भी सुनने में आया वह भी कम नहीं था किसी भी भले-मानुष को शर्मसार करने के लिए।

दरअसल गलत होने की शुरूआत भाग्या से हुई थी। अगर वह रमौती को छबीले और पलक के प्रेम प्रसंग के बारे में जाकर नहीं बताती तो ऐसी नौबत ही न आती। छबीले अक्सर हमारे घर मेरी बाबा आदम के जमाने की फियट कार ठीक करने आया करता था। उन्नीस सौ पच्चपन मॉडल फियट जिसे अब तक म्यूजियम की अदद सम्पत्ति घोषित कर देना चाहिए था असल में छबीले

के सहारे ही चल रही थी। पहले इसे छबीले का बाप संभालता था। उसका परेड में गैरज हुआ करता था। पर एक से एक उन्नत तकनीक की कारे आजाने से उसका बाप अपने-आपको नई मशीनरी के साथ नहीं ढाल पाया तो अपनी धरोहर छबीले को सौप गैरज को अलविदा कह गया। छबीले ने अपनी नई सोच, जिस्मानी ताकत और दिमाग की जुगत से कारखाने को फिर से खड़ा कर दिया। बावजूद इसके नई गाडियों की तकनीक का उस्ताद बनने के बाद भी उसने फियट, एमबेस्डर और फोर्ड जैसी पुरानी गाड़ियो के हुनर को जिन्दा रखा।

यह अलग बात है कि वह अपने कारखाने को उन कामयाबियों तक नहीं ले जा सका जो उसके बाप ने कभी हासिल की थी। लेकिन काम इतना बुरा भी नहीं था कि गुजारा न हो सके। मस्त था अपनी जिन्दगी में। दो छोटे बाल-गोपाल और औरत गांव में ही रहते थे। जो उसके बाप के वहां चले जाने से अपने घर का अनाज जुटाने जितनी खेती- बाड़ी की देख-रेख अच्छे से कर लेते थे। किसी चीज की कमी नहीं थी, किसी को भी।

फियट की मरम्मत के लिए छबीले अक्सर हमारे घर आया ही रहता था। लिहाजा उसका कब और कैसे पलक संग मिलना-जुलना, बात-चीत करना घनिष्ठता की सीमा को लांघ गया। पता ही न चला पाया।

भाग्या को इस प्रेमलीला के बारे में पता चला तो उसके कांटो तो खून नहीं, ' अब क्या होगा...तबाह हो इनकी प्रेम कहानी। मेरी महरी को बेहया ले उड़ेगा।' गाहे-बगाहे वह बड़बड़ाती नजर आती मुझे। वह अपनी जगह सही थी। पलक के काम में सलीका और सफाई दोनों थे। शायद एक अच्छी और टिकाऊ मेहरी उसके हाथो से फिसलती देख ही उसने सारी रपट पलक की अम्मा को दे डाली। पलक की उसके बाप ने अच्छी तरह से कुट्टम्मस की और नतीजन वह दो-तीन दिन तक काम पर नहीं आयी। बेचारी हमारी श्रीमती जी...उसे लगा कि कुछ ज्यादा ही हो गया है। प्रेमलीला का बखान उसकी मां से नहीं करना चाहिए था। पर तीर तो कमान से निकल चुका था। और उसका परिणाम भी सामने आ गया था। खैर तीसरे दिन ही खरामा-खरामा श्रीमती भाग्या शर्मा जा खड़ी हुई पलक के दरवज्जे और रमौती से बड़ी मान-मन्नोवल करके पलक को घर लेकर आयी।

रमौती ने भी भाग्या को चेताने जैसे स्वर में कहा था,"उस नासपीटे मिस्त्री को घर न आने देना...इसी सूरत पर करमजली को भेज रहीं हूं। तुम्हारी जिम्मेदारी है यह लड़की।"

बेचारी भाग्यवान। जो कुछ उसके साथ रमौती ने किया था। सारा का सारा मेरे ऊपर उड़ेल दिया था और अल्टीमेटम अलग से दे दिया,"मुझसे नही होता यह चौका -बासन। घर के इर्द-गिर्द भी मिस्त्री नजर न आये। वरना मैं सेक दूंगी।"

भाग्यवान की चिंगारी फेंकती आंखें और भृकुटी तनी चेहरे की मांसपेशियों देख मेरी तो घिग्गी बंध गई थी। और छबीले को फोन कर , किसी भी बहाने से यहां न आने की ताकीद कर पत्नी को जैसे-तैसे शान्त किया था, या देवी सर्वभूतेषू शक्ति-रूपेण संस्थिता नमतस्यै-नमतस्यै की तर्ज पर। घर की अखण्ड शान्ति के लिए घरवाली कों शान्त रखना बेहद जरूरी है जिस ढ़ग से उसने छबीले को सेकने की बात कही थी। उससे उसके तेवर का अहसास मुझे हो गया था। फिर पलक को भी उसने ऊंच-नीच का ख्याल रखने की ताकीद की थी। पर पलक के प्रेम का भूत कुछ अड़ियल किस्म का था। एक तो घर पर हुई उसकी मरम्मत दूसरे भाग्यवान को मजा चखाने के लिए पलक पूरी शालीनता से दूसरे दिन ही अपने घर लौटते समय छबीले के साथ भाग गई।

रमौती ने घर आकर उस दिन पूरा मुहल्ला आसमान पर टांग दिया था। बेचारी भाग्यवान पर मुझे बड़ा तरस आया था। एक तो उसके हाथ से काम करने वाली निकल गई थी। दूसरे रमौती उसे बेइज्जत करने पर अमादा हुई पड़ी थी।

इतना कुछ कह गई थी, रमौती कि भाग्या की आंखों में आंसू आ गये थे। मुझसे देखा नहीं गया था, पत्नी का ऐसा दारूण रूप। मै दहाड़ कर बोला था," खुद से लड़की संभलती नही और दूसरों की लानत-मलानत करती फिरती हो... अरे जैसी औकात, वैसी औलाद ।"

रमौती चुपचाप पैर पटकती खिसक गई थी। उसे यूं जाता देख, मैनें भाग्यवान के सामने अपनी छाती फुला ली थी और आंखें चौड़ी करते हुए उसकी तरफ देखा था, देखा मैने उस अफलातून का आसन हिला दिया। पर भाग्या के चेहरे-मोहरे से यह कतई नहीं दीख रहा था कि मैनें किसी बहुत बड़े काम को

अंजाम दिया है। वह वास्तव में आहत हुई थी। मुझे अपनी पत्नी की ठनक का पूरा अहसास था। जो इस समय चकनाचूर हो गई जान पड़ती थी। कुछ देर बुत बनी खड़ी रही थी। फिर मुझे तरेरती अन्दर चली गई थी। मै भी खिसियाहट लिए उसके पीछे-पीछे आ गया था। और उसे समझाने की गरज से कुछ कहने ही जा रहा था कि वह एकदम से फट पड़ी थी। गोया पलक को लेकर मैं भागा था।

छबीले उसे ले उड़ा या पलक उसके साथ दफा हो गई। पर गई तो हमारे घर से ही थी। दोनो के प्यार की पींगे भी हमारे घर पर ही परवान चढ़ी। पूरी तरह से रमौती की नजरों में पलक और छबीले की प्रेमलीला के दोषी हम ही थे। इस खुन्नस में आकर रमौती ने कई दिनों तक हमारे घर में किसी कामवाली को लगने नहीं दिया था। बेचारी भाग्यवान अपनी किस्मत को रोती, अपने-आपको स्यापा करने के अदांज में दो हत्थड़ मारती। जब-तब दोनों को गरियाती रहती।

धीरे-धीरे सब सामान्य हो चला था। छबीले का इतने दिनों से बंद कारखाना खुल गया था। यह बात पलक के घर वालों को पता भी चली थी। यह भी पता चला था कि दोनो ने गोविन्द नगर के आर्यसमाजी मंदिर में जाकर शादी भी रचा ली थी। पर वे सब पलक को लेकर उदासीन हो गये थे। जिसने भरी बिरादरी में घर वालों के मुंह पर कालिख मल दी। उसे वापिस घर लाकर और फजीहत थोड़े ही करानी है।

"मर गई हमारी बला से...।" रमौती का अब नया राग लोगों के आगे बजना शुरू हो गया था। लोगों ने भी पलक के किस्से को ज्यादा तरजीह देना, मुनासिब न समझते हुए अपने-अपने खटरागों में लग गये थे, कि तभी विस्फोट की तरह पलक के, छबीले को छोड़कर चले जाने की खबर मुहल्ले के हर चेहरे पर चस्पा हो गई थी। जो सुनता दांतों तले अंगुली दबा लेता, "बदचलनी की भी हद होती है...।" दबे स्वर में लोगों के कण्ठ से रमौती के पुराने किस्से कफन फाड़, हवा मे आकर सांसे लेने लगे थे।

"मां कौन ठीक थी। पहला मरद जेल क्या गया, दूसरे के संग जा बैठी।"

"संस्कारों ने अपना रंग तो दिखलाना है...।"

जो लोग छबीले के खिलाफ थे, अनायास ही उन सब के लिए सहानुभूति का पात्र बन बैठा।

भाग्यवान का सुर भी पलक के लिए, इस घटना से एकाएक बदल गया था। पलक के रहने से घर में बड़ी हो रही बेटी के जीवन में कहीं कोई बुरा प्रभाव न पड़ जाये।

"अच्छा हुआ गंदगी घर से बाहर निकल गई।" फिर नयी काम वाली ने आकर सब काम संभाल लिया था। भले पलक से ड्योढ़ी पगार देनी पड़ रही थी।

अलबत्ता छबीले के लिए भाग्या का रूख जस का तस बना हुआ था। तभी उसका घर का आना उसे बेहद नागवार गुजरा था। छबीले का ऐसे नाजुक समय में आना अप्रत्याशित ही था। उसकी आवाज सुनकर भीतर के कमरे में डोल रही भाग्या की त्योरियों पर बल पड़ गये थे।

"अब किस काम से आया है...।" भाग्या का सुना-अनसुना करते हुए बाहर निकला था। देखते ही उसने मुझे नमस्ते दागी। न जाने मुझे क्यों उसके नमस्ते करने का भाव अच्छा नहीं लगा जैसे पत्थर फेंक कर मारा हो। पर हालात की अनिवार्यता ने मुझे चुप्पी साधने पर मजबूर कर दिया। उसकी दशा मुझे कचरा खाये कार्बुरेटर सी लग रही थी। वह चुप था। लेकिन उसे देख यूं लग रहा था कि उसके अन्दर बोलने के लिए शब्दों का उफान उठ रहा है। पर उन्हें बाहर निकालने का जरिया नहीं बन पा रहा है।

मैं वापिस मुड़ते हुए कमरे में आकर बैठ गया। वह भी बेधड़क मेरे पीछे चला आया।

"कोई खास बात...।" जल में कंकड़ से ज्यों वृत्ताकार लहरे भंवर सी शक्ल में उठती है। वैसा ही भंवर जाल उसके चेहरे में नख्श हो आया था।

"पलक के घर वाले पुलिस में रिपोर्ट दर्ज कराने के लिए कह रहे हैं। वो मेरे ऊपर इस बात का लांछन लगा रहे हैं कि मैंने पलक को गायब किया है। उसकी अम्मा बड़ी बुरी बात बोलती है साबऽऽ...।" हलक में आ गये थूक को अंदर गटकते हुए उसने कहा, "कहती है...मैंने पलक को मार कर कहीं दफना दिया है।" बोलते हुए छबीले की आवाज भर्रा गई थी।

"बड़ा कण्ट्रोवर्सी कैरेक्टर है पलक की अम्मा का...।" मन में ही सोच कर रह गया। लेकिन इसके पहले मैं कुछ और सोच पाता। भाग्या की आवाज मेरे कानों में पड़ी थीं, "सुनिए- ।" शायद उसने छबीले की बात सुन ली हो।

संभवता वह पसीज गई हो। पर नहीं...मैं गलत था। उसके तेवर पूरी तरह से लगाम कसे से दिखाई दिये थे, मुझे।

"अरे इस नासपीटे को भगाओ यहां से। इसके चक्कर में कहीं हम भी पोलिस कचहरी में न फंस जाये।"

मैं कुछ कहता, इससे पहले छबीले की आवाज आयी थी, "बाबू जी हम जा रहे हैं। पुलिस कचहरी अगर हुई तो आपका नाम कहीं नहीं आयेगा।" उसने भाग्या की बात सुन ली थी।

"तुम नहीं कुछ कहोगे...लेकिन रमौती हमें छोड़ेगी...।" बाहर वाले कमरे में आते हुए उसने कहा।

"जब तक मामला साफ नहीं हो जाता...इधर मत आना। हम लोग भी बाल बच्चे वाले हैं। तुम लोगों का किया धरा हम लोगों को भुगतना पड़ रहा है। क्या कुछ नहीं सुना गई थी, पलक की अम्मा।" अन्तिम शब्दों तक आते आते भाग्यवान का स्वर भी आर्द्र हो आया था।

"अगर पोलिस दरवज्जे आ गई तो हम कहीं के नहीं रहेंगे।"

सिर झुका, दबे पांव छबीले बाहर निकल गया था। जरूर मदद के लिए आया होगा- पर भाग्या ने तो दो टूक सुना बाहर का रास्ता दिखा गया। मैं पत्नी को तरेरता ही रह गया था।

लेकिन भाग्या के कथन में कुछ गलत भी नहीं था। मैं स्वयं पुलिस के नाम से घबरा गया था। पर इस बात से भी आंखें नहीं मूंद सकते कि पलक का कहीं भी पता नही चल पा रहा है। छबीले भी अंजान है। बस्स इतना ही मालुम है उसे कि वह अल सुबह दिशा मैदान गई थी। फिर लौटी नहीं। इन सबको देखते कभी शक रमौती के ऊपर जाता है। कहीं उसी ने ही पलक को गायब न करवा दिया हो...।" है तो बड़ी मीसणीं, तो छबीले की स्थिति भी ऐसे माहौल में संदिग्ध लगने लगती है। देखने में सीधा-साधा, अपने काम से काम रखने वाला छबीले अन्दर से औरत खोर हो...क्या पता। आखिर अपने बीबी बच्चे होने के बावजूद अपनी उम्र से कहीं छोटी, लड़की से न सिर्फ इश्कबाजी की, बल्कि ब्याह भी रचा डाला। दोषी तो दोनो ही हैं। जानते बूझते पलक ने अपने गले में फांस क्यों डलवा ली उसके लिए क्या लड़के मर गये थे।

प्रीत ना जाने कोय

दिखने में अच्छी ही थी। तीखे नयन-नख्श और अपने बिंदास व्यवहार से जल्दी ही अपनी ओर आकर्षित कर लेने की क्षमता तो है उसमें। स्वाभाव भी ऐसा कि दूसरों में ऐसे रच बस जाये कि पता ही न चले। लेकिन इन सबके परे हकीकत क्या हैं उसे तो कोई नहीं जान रहा। केवल कयास ही लगाये जा सकते है। असलियत तो पलक ही बता सकती है...और पलक, जो हम सबके ख्यालो में बड़ा-सा प्रश्न चिन्ह टांग कर अपनी कहानी यूं ही अधूरी छोड़ न जाने किन अंधेरों में गुम हो गई है।

साहिब

एक कुत्ता था। उसका नाम नहीं मालुम। शायद टाइगर हो, शेरू, डायमण्ड, जिमी या कुछ भी...! मैंने तमाम नामों से संबोधित किया पर उसमें किसी भी नाम से कोई चेष्टा नहीं जगी थी। यह भी हो सकता है कि जो हादसा उसके साथ गुजरा हो, उस वजह से डर गया हो या ग़मज़दा हो। रास्ते भर मैं उसे पुचकारता रहा पर वह मुंह फाड़े, जीभ निकाले हांपता रहा या कूंकता रहा। उसके मन में इस हादसे का कितना दर्द था, यह तो मैं नहीं जानता लेकिन उसकी बेजुबानी व्यथा ने मुझे इतना बेहाल कर दिया था कि मेरे ऊपर उबकाईयों का दौर शुरू हो गया था। मेरी दशा देख ड्राइवर भी घबरा गया था। दरअसल उसके सामने ऐसा साबका जो नहीं पड़ा था। यह तो मैं जानता हूं...कैसी भी तकलीफ जनक स्थिति मेरे सामने उत्पन्न हो जाये तो अन्दर उठते ज्वार से मुझे कै शुरू हो जाती है। यह मेरे लिये वेदना से भरी लेकिन हास्यास्पद स्थिति होती है। जहां लोग हादसे से त्रस्त खौफ़ज़दा माहौल से आकण्ठ डूबे होते हैं मैं कोई कोना या नाली ढूढ़ने लगता हूं, अपने अन्दर का उबाल निकालने के लिये। ऐसे समय में लोगों की अपने ऊपर उठती निगाहों में, आत्मग्लानि सा भाव या बेवजह सी मुस्कान लाते हुए संवेदना उपजाने की नाकाम कोशिश करता हूं।

ऐसी ही हालत उस खौफनाक मंजर को देखकर हो गई थी, मेरी। प्रथम तो अपाद-मस्तक कांप कर रह गया था। जो सामने दिख रहा है, एक भयानक किन्तु दुःस्वप्न है। "जान नहीं बची किसी की भी...सांसें थम चुकी हैं...।"

ड्राइवर अपनी रौं में बोल रहा था। मैं विस्फारित नेत्रों से उसे घूरता खड़ा रह गया था।

'दर्दनाक हादसा था, हार्ट शाकिंग सीन...!' संभवता आगे जा रही किसी बड़ी गाड़ी ने अचानक ब्रेक लगाये होंगे और पीछे से आ रही कार जिसे एक महिला चला रही थी, सीधे ही गाड़ी के पिछले हिस्से से टकरा गई थी। कार का अगला हिस्सा बुरी तरह से दब गया था। डैशबोर्ड के परखचे उड़ गये थे और कार का स्टेयरिंग महिला के सीने में धंस गया था। जबकि अगली सीट पर बैठी कम उम्र की लड़की उसका सिर शायद विण्डस्क्रीन से टकराया था। उसका सिर फट गया था जिसमें से रक्तस्राव हो रहा था। कुछ लोग कार का दरवाजा खोलने की कोशिश कर रहे थे। इन सब से अलग ध्यान बंटाने वाली बात थी उस कुत्ते की, जो बेताबी, व्याकुलता और बदहवासी से बार-बार कभी लड़की तो, कभी महिला को सूंघ रहा था। कभी उनके घावों से बहते रक्त को चाटने लगता तो कभी बदन के हिस्सो को अपनी थूथन से स्पर्श करते कूंकता या हल्की-हल्की कराहटें गले से निकालता।

'सौ नम्बर डायल करके पुलिस को सूचित कर दो सॉब...।'

"पुलिस को फोन हो गया है।" ग्रामीण से दिखते किसी व्यक्ति ने बड़े अत्मिनान से कहा था।

तभी किसी ने बांयी ओर दरवाजे की शीशा तोड़ दिया था। कुत्ता टूटते कांच की धमक से सहम गया था। फिर बाहर की ओर मुंह करके भौंकने लगा था। इस अप्रत्याशित घटना से गाड़ी के दरवाजे को खोलने वाले लोग डर कर पीछे हट गये। कुत्ते को भी समझ में नहीं आया कि उसे क्या करना चाहिए। वह भी बौखलाया हुआ खिड़की के रास्ते कूदने लगा पर खिड़की का कांच उसके पुट्ठे पर लगा तो वह चीखें मारता फिर कार के अन्दर हो गया। मैं लपक कर कार के समीप गया और खिड़की से अन्दर हाथ डालते हुए उसका लॉक उठा दिया। दरवाजा खुल गया। तब तक पुलिस भी आ गई और दुर्घटना की नज़ाकत को भांपते हुये तुरत-फुरत अपने काम में जुट गई। तीन पुलिस वाले महिला व लड़की को बाहर निकालने में लग गये। एक पुलिस वाले के हाथ में बड़ा सा हैण्ड सेट लग गया और मृतकों के शिनाख्त की खानापूर्ति करने के लिये फोन

को उलट-पुलट कर देखने लगा। आई-फोन था जिसे वह आन नहीं कर पा रहा था। मैंने उस सिपाही के नज़दीक जाकर आई-फोन उसके हाथो से लगभग छीनते हुये उसे ऑन किया और कान्टेक्ट लिस्ट में जाकर नाम खोजने लगा। लेकिन नाम भी क्या थे। सांकेतिक भाषा में दर्ज थे। संभवता फोन लड़की का होगा। एक नम्बर के आगे झोपड़ी बनी हुयी थी। जरूर घर का नम्बर होगा। सोचते हुये मैंने वही नम्बर मिला दिया। लम्बी घण्टी के बाद किसी ने फोन उठाया तो मैंने हैण्डसेट पुलिस वाले के हवाले कर दिया।

कुत्ता भी दरवाजा खुलने के कुछ बाद, बाहर आ गया था। पिछली दोनो टांगों के बीच में पूछल दबाये कभी भीड़ को भूंकता तो कभी किकियाता।

पहले लड़की को बाहर निकाला गया तो पता चला कि उसकी सांसे चल रही हैं। भीड़ में उसके जीवित होने के अहसास से सरगोशियां होने लगी। पुलिस वाले ने भी देर न करते हुये आनन-फानन में एम्बुलेन्स के लिये फोन कर दिया। तभी ड्राइवर ने मुझे सुझाया कि लड़की को पुलिस वालों की निगरानी में स्वयं अपनी कार से किसी नजदीकी अस्पताल में ले जाते हैं। मैंने ड्राइवर को उसके त्वरित व उचित निर्णय लेने पर मुग्ध भाव से देखा और दरोगा से दिखते वर्दी वाले को अपना सुझाव दे डाला। समय की नज़ाकत को देखते हुये दरोगा तुरन्त मान गया। उसने किसी हवलदार को बुलाते हुये हमारे साथ चलने का निर्देश भी दे दिया।

रिटायर होने की दहलीज में खड़े हवलदार ने मेरी पीठ पर हाथ रखते हुए लड़की को उठाने के लिये कहा तो ड्राइवर ने लपक कर आगे आते हुए लड़की को अपनी बांहो में उठाकर कार में धर दिया। हवलदार के ऊपर उसकी उम्र का तकाज़ा ज्यादा हावी था। वह लहुलुहान लड़की का सिर अपनी गोद में लेकर कार के कोने में दुबक गया। लड़की के साथ कुत्ता भी कार में घुस आया। ड्राइवर उसे दुत्तकारते हुए भगाने का प्रयास करने लगा तो मैंने उसे मना कर दिया। कुत्ता फिलहाल शान्त लग रहा था। जैसे उसे इस बात का इत्मिनान हो गया कि उसकी मालकिन को यह लोग बचा लेंगे।

ड्राइवर के गाड़ी बढ़ाते ही मेरा ध्यान एक बारगी उस हादसे की तरफ चला गया। मृत औरत और मरणासन्न हालत में पहुंची लड़की, जिसके बचने

न बचने का कुछ पता नहीं। लड़की का तो पूरा एक जीवन बाकी है। उसकी हसरतें, उसके सपने, उसके जीवन की तमाम चेष्टाएं सब कुछ एक शून्य में समाने को आतुर। अन्तहीन शून्य जो अपने में विराट अन्धेरे की पर्त्तो को समेटे, सहमे-सहमे कदमों से मरघटी साये में तब्दील होता जा रहा है, जो धीरे-धीरे अपना आकार बढ़ाता मेरी ओर बढ़ा आ रहा है। दूर कहीं कुत्ते भूंक रहे थे। मेरे साथ बैठा कुत्ता निर्विकार भावों से कभी लड़की को तो कभी कार के अन्दर हो रही गतिविधियों को देखता बैठा था।

'इसे, इसके मालिक को सौंपकर ही जाऊंगा।' सोचते हुए कुत्ते की तरफ देखा। गहरे-भूरे रंग के काले और स्लेटी बालों का मिश्रण लिश्कारा मारता नज़र आ रहा था। जैसे शनील की परत बिछी हो उसके बदन से। उसकी काली लम्बी थूथन और चौड़ा ललाट, उसके भेड़िया होने का आभास करा रहा था। अभी उसकी जीभ बाहर निकल आयी थी और वाष्प इंजन सी आवाज निकालते हांप रहा था।

'क्या सोचता होगा...कुत्ता।' मैंने सोचा, 'क्या इसे जीवन और मृत्यु का आभास होगा। जरूर होगा...। तभी तो मृत महिला को छोड़ सांसे ले रही लड़की के संग हो लिया।

'मेरा जाना भी जरूरी है...इन मनुष्यों के साथ। जरूर मेरी मालकिन को ये लोग बचा लेंगे। शायद ऐसे ही भाव उठ रहे होंगे कुत्ते के मन में। फिर भी मेरे अन्दर यह उत्सुक्ता अपनी जगह कायम थी कि इनके लिये मरने-जीने की क्या परिभाषा है।

बूढ़े-बुजुर्गो को अक्सर कहते सुना है कि कुत्तों को इंसानों के मरने का अहसास हो जाता है। सच बात है। कुत्ता अपनी मौत को भी देख लेता है, तभी तो मरने से पहले वह अपना स्थान छोड़ देता है। बस बता नहीं सकता इस बारे में कुछ। कुदरत ने इतनी शक्ति नहीं दी। नहीं तो सर्वज्ञाता न हो जाते, कुत्ते।

अस्पताल आ गया था। कान्सटेबल गाड़ी के रुकते ही चेतन्य हो गया था। मैं और ड्राइवर बाहर निकले। कार का पिछला दरवाजा खोल सबसे पहले कुत्ते की जंजीर थाम ली। कहीं भाग न जाये। ड्राइवर स्ट्रेचर लाने चला गया।

मैंने हांपते कुत्ते को देखा। जब तक मृतिका या लड़की के परिजन नहीं आ

जाते। तब तक रुकना ही पड़ेगा। कुत्ते को जो सौंपना है। इस समय वह मुझे उदिग्न-सा दिखा। कूंकते और रिरियाते हुए उसने मेरी निगाहों से निगाहें मिलाते, अचानक पतली आवाज में भूंकना शुरू कर दिया। मुझे ताज्जुब हुआ, उसके भंकूने के स्वर से। जैसे मनुहार कर रहा हो, इसको बचा लो...बचा लो न ऽऽ...।

बेहद तरस आया उस बे-जुबान पर। ईश्वर भी कभी-कभी अत्याचारपूर्ण बेइंसाफी करता है। मैं गंभीरता से मृत्यु और ईश्वर की इस लीला के बारे में सोचने लगा। लेकिन बीच में व्यवधान पड़ गया। ड्राइवर वार्ड ब्वाय के साथ स्ट्रेचर लिये मुझे सामने खड़ा दिखाई दिया।

सिपाही और ड्राइवर ने लड़की को बहुत ही आहिस्ता से उठाकर स्ट्रेचर पर रखा। लड़की की स्थिति जस की तस थी। मुझे तो उसकी सांस चलती भी नहीं दिखाई दे रही थी। आनन-फानन में भर्ती की प्रक्रिया हो गई। लड़की को आई.सी.यू. में ले गये।

ड्राइवर हाथ साफ कर चुका था और अब वह चलने को उत्सुक दिख रहा था। मैंने उसे मौनता से कुत्ते की तरफ इशारा करके अभी और समय तक रुके रहने का संकेत दिया। कुत्ते को लेकर उसमें पहले से ही खीझता व्याप्त थी। पर मन-मसोस कर ही रह गया।

मुझे लड़की के घर वालों का तो इंतजार करना ही था। हालांकि मैं कुत्ते को हवलदार के हवाले करके जा सकता था। पर कुत्ते के प्रति मेरे अन्दर अपनी संवेदना ने मुझे जकड़ लिया था। मृतिका का परिजन काफी देर बाद अस्पताल पहुंचा था। दरअसल उसे पहले महिला के पास ले जाया गया था। बाद में उसे लड़की के पास अस्पताल भेजा गया था। परिजन जो भी रहा हो, बदहवास, बौखलाया व अपने की मौत से पड़े थप्पड़ों से सूजा हुआ चेहरा लिये मेरे सामने खड़ा आई.सी.यू. के दरवाजे को बड़ी उदिग्नता और हसरत से देखे चला जा रहा था। मुझे उसे देख असीम शान्ति का अनुभव हुआ था। कुत्ता जो सौंपना था। लेकिन आई.सी.यू. के बन्द किवाड़ को देख यकायक उसकी रूलाई फूट गई। हादसे की गंभीरता को देखते और सामने वाले को रोते देख मेरी आंखों की कोर भी भीग गई। यकायक दुर्घटना का मंजर सजीव हो गया। मैंने दांतो से अपने होंठों को हल्के से काटा। हो आई भावुकता से बचने के लिये।

आदमी के गले से घुटी-घुटी सी कराहटों के मध्य उसका विलाप, "मेरी बच्ची मेरी बच्ची...कहां हो...आ जाओ...!" जारी हो गया था।

'वो ठीक तो हो जायेगी...नऽऽ...।' अचानक आदमी ने मेरी तरफ देखते हुए कहा। लेकिन मेरी शक्ल देखते और हाथों में कुत्ते की जंजीर थामे देख सकपका गया। शायद मुझे डाक्टर समझने की गलती कर गया था। क्योंकि तेजी से वह नर्स स्टेशन की तरफ भागा था।

मैं भी उसके पीछे लपका। इस प्रक्रिया में कुत्ते को लगभग घसीटना पड़ा। मुझे कुत्ते का रसूख संदिग्ध सा लगा। उसे, आदमी के आने की कोई खुशी नहीं हुई। बल्कि सहमा सा लगा वह।

फिर भी ज्यादा ध्यान न देते हुए मैं आदमी के पास पहुंच गया। पर एकाएक मुझे कुछ सूझा ही नहीं कि क्या कहूं। वह नर्स से अपनी लड़की के बारे में पूछ रहा था। उसका जानना जरूरी भी था। यह सोच मैं चुप-चाप उसके मौन धारण करने की प्रतीक्षा करने लगा। नर्स ने भी कुछ खास उसे नहीं बताया। मैनें मौका देख कुत्ते को आगे करते हुए सपाट लहजे में उससे अपनी मुक्ति पाने के लिए, आदमी से कहा, 'यह कुत्ता मुझे घटना स्थल पर मिला था। शायद आपका है, इसे आप संभाल लें...।' अन्तिम शब्दों तक, मेरे अन्दर आयी निर्भीकता से मुझे भी हैरानी हुई थी। इस बार उसने उचटती निगाहों से कुत्ते की तरफ देखा था और कुत्ता जो उसे पहले से ही देख रहा था। अपनी तरफ देखते पा थूथन को और लम्बा करते, हल्के से कूंकते हुए पूंछ हिलायी थी। जैसे कह रहा हो, ' मैं यहां हूं...!' लेकिन आदमी ने कोई तवज्जो नहीं दिखाई और वहां से खिसक कर आई.सी.यू. गेट के पास जा खड़ा हुआ, 'ये कुत्ता...!' और जंजीर उसकी तरफ बढ़ायी। इस बार वह खीझ गया, लगभग चींखते हुए बोला, "मेरी वाइफ खत्म हो गई...मेरी बेटी जिंदगी और मौत के बीच जूझ रही है और आपको कुत्ते की पड़ी है...! मुझे नहीं लेके जाना कुत्ते को...छोड़ दो...भगा दो...मुझे नहीं चाहिए...इस कुत्ते की वजह से ही इतना बड़ा एक्सीडेण्ट हुआ। इसे ले जाने के पीछे ही कार से जाना पड़ा...आपको क्या मालूम...कुछ नहीं मालूम।" आदमी से ठीक से बोला नहीं जा रहा था। वह हांपने लगा था। जैसे बड़ी दूर से दौड़ते हुए आया हो। फिर निढ़ाल होकर बेन्च में ढ़ेर हो गया।

मैं सकते की हालत में पहुंच गया था। उससे ऐसे रवैये की उम्मीद मुझे कतई नहीं थी। मेरी हतप्रभ हुई विमूढ़ता को भंग करते हुए सिपाही ने कहा, "भाई साहब कुत्ता बाहर छोड़ दो या खुद ले जाओ। इसे यहां कोई ठहरने भी नहीं देगा...।"

मैंने सिपाही की तरफ देखा। झुर्रा रहे चेहरे से मेरी ओर एक टक देखे जा रहा था। साठ के करीब पहुंच चुका सिपाही मुझे जरूरत से ज्यादा अनुभवी लगा। मैं कुत्ते को ऐसे ही बेसहारा नहीं छोड़ सकता था और उसका मालिक उसे ले जाने के लिये कतई राजी नहीं था। मैंने आदमी के शान्त हो जाने तक रुकना मुनासिब समझते हुए उसके पास ही कुत्ते को लेकर बैठ गया और ड्राइवर को सबके लिए चाय पानी लाने को कहा। ड्राइवर अनमना सा बाहर निकल गया।

मेरा मन बैचेन हो रहा था। कहीं वास्तव में कुत्ते को अपने पास ही रखना पड़ गया तो ऽऽ...। पले-पलाये कुत्ते को अपने साथ रखना इतना आसान काम थोड़े ही है। फिर कुत्ते का व्यवहार मरने वाली औरत व घायल लड़की के प्रति बड़ा ही आसक्तिपूर्ण था।

बहरहाल कुत्ते को हमें ही लेकर जाना पड़ा। मन तो अस्पताल में बैठे बैठे बना ही लिया था। पर कुत्ते को लेकर हत्थे से बार-बार उखड़ जाने वाले आदमी के व्यवहार से हम इसे घर ले आये।

हमें देर हो गई थी, लौटने में। तरू बाहर ही खड़ी दिखी थी। संभवता फोन करने न करने की असमंजस भरी भंगिमा में। प्रथम उसकी दृष्टि कार के अन्दर बैठे कुत्ते पर ही गई थी। और कुत्ता दरवाजा खुलते ही भूंकते हुए बाहर भागा था। ऐसा अप्रत्याशित ही हुआ था। मैं उसकी जंजीर पकड़ने की सोच ही रहा था और वह फुर्ति से निकल भागा था। जंजीर मेरी टांगों से टकराई भी थी और मैंने जूते से दबाने की असफल चेष्टा भी की थी। शायद कुत्ते को गलत फहमी सी हो गई थी। वह सीधे तरू के पास उछलते हुए पहुंचा था। वह चीखती अपने -आपमे ही सिमट गई थी। मैं भी चिल्लाया, "भागना मत...।" कुत्ता लम्बी-लम्बी सांसे छोड़ता तरू को सूंघता चला जा रहा था। मैने तब तक उसकी जंजीर पकड़ ली और खींचते हुए बल्कि तरू से छुड़ाते हुए उसे अन्दर ले आया।

लेकिन नई जगह में आकर उसकी अधीरता और असहजता में तीव्ररूप से

बढ़ोत्तरी हो गई थी। कभी जमीन को सूंघता, कभी दीवारों की ओर सूनी-सूनी आंखों से ताकता और कूंकता। उसकी अकुलाहट ने न सिर्फ मुझे बल्कि तरू को भी बेचैन और चिन्तित कर दिया था। हालांकि कुत्ते के घर आने से बन्टी की प्रसन्नता के आगे हमारी बेचैनी नगण्य जैसी थी। उसे देख बन्टी की आंखों में बाल सुलभ कौतुहलता और तमाम सवाल उग आये थे। जिनका जवाब कम से कम उस वक्त देना, मेरे लिये संभव नहीं था।

मुझे ख्याल आया कुत्ते ने बहुत देर से कुछ खाया पिया नहीं है। संभवता प्यासा हो। गर्मी भी तो बेतहाशा है। पत्ता तक नहीं हिल रहा है। मैंने उसे एक कटोरे में पानी दिया। उसने फौरन ही पी लिया।

प्यास से बेहाल होगा...बेचारा, बोल तो पाता नहीं...फिर बाहर कहां पानी पिलाता। बावजूद इसके, उसके क्रिया-कलापो में कोई परिवर्तन नहीं आया। अपनो से दूर होने का ग़म उसके हाव-भाव से स्पष्ट ज़ाहिर हो रहा था। इन सबके चलते सबसे पहले उसे दूध दिया गया। लेकिन उसने उस पर नज़र तक नहीं धरी। बल्कि चुपचाप एक कोने में जाकर हांपता हुआ बैठ गया। जैसे हम लोगों के प्रति आक्रोशित हो। रात खाने के वक्त भी उसने कुछ नहीं खाया। बन्टी बोल रहा था, "पापा इसे बोन्स लाकर दो...पैटशॉप में मिलेगी...।" पैटशाप में बोन्स। मुझे हैरानी हुई थी।

"अरे सच्ची-मुच्ची की थोड़े ही होती है...कैल्शियम, मिनरल्स और कई चीजे उसमें पड़ी होती हैं। कुत्ते हड्डी समझ कर खाते हैं और हैल्थ अलग से बनती है। मेरे फ्रेण्ड के पास डॉगी है उसे कई बार बोन्स खाते देखा है।"

लेकिन हम लोगों की सोचों के विपरीत कुत्ता रात भर परेशान रहा। उसका कूंकना, रिरियाना और भूंकना बदस्तूर जारी रहा। मैं भी ठीक नहीं सो सका। पत्नी अलग से बड़बड़ाती रही। असल में उसे भी दिन भर घर में, बच्चे के साथ खटने के अलावा, काम-काज, तरकारी, भाजी या रोजमर्रा की छोटी मोटी चीजों के लिये बाहर तो जाना ही पड़ता है। रात ही है जो आराम करने को मिलती है। वह भी इस कुत्ते ने हराम कर दी है।

खैर जैसे तैसे सुबह हुई तो काम में निकलने से पहले बन्टी के साथ उसकी बतायी पैटशॉप में जाकर कुत्ते के लिये वो तमाम चीजें खरींदी जिसे वह चाव

से खाता है। इसमें दुकानदार ही हमारा मददगार बना था। बल्कि जो जो उसने बताया, वैसा हीं मैंने किया। इसके लिये कुत्ते का संक्षिप्त विवरण दिया गया था। किन हालातों से उसे निकाल कर लाये थे। दुकानदार ने कुछ मेडिसिन भी मुझे पकड़ा दी थीं। और कुत्ते को कैसे देनी हैं सब तफ्तीश से मुझे समझा भी दिया था। समझने के मामले में बन्टी ने ज्यादा होशियारी दिखाई थी। फिर मुझे तसल्ली देते हुए कहा था, "पापाऽऽ...आप चिन्ता न करें। हम संभाल लेंगे इसे और यह हमारे साथ जल्दी एडजेस्ट कर लेगा।" हंसी और खीझ दोनों ही तारी थीं, मेरे ऊपर। हालांकि कुत्ते को संग में रखने का निर्णय तो एक मात्र मेरा ही था। मुझे हर हाल में उसका साथ तो देना ही था।

दिन भर काम में व्यस्त रहने के बावजूद कुत्ता मेरी यादों में बना रहा। जरूर वह घर के सदस्यों को भौंक-भौंक कर परेशान कर रहा होगा। लेकिन शाम को घर पहुंने पर उसे आश्चर्य जनक रूप से शान्त पाया। थोड़ा आश्वस्त हुआ, 'चलो हिल-मिल गया है। पर जल्द ही वास्तविकता से वाकिफ हुआ कि दिन भर उसने कुछ नहीं खाया...पानी भी उसने ठीक से नहीं पिया। कृत्रिम हड्डी की तरफ तो उसने देखा तक नहीं। यह मेरे लिये तकलीफ जनक खबरे थी। मैं मायूस हो गया था। उसे देख मुझे लगा कि वह शान्त नहीं बल्कि सुस्त हो गया है। अन्दर से शायद टूट गया है। इसीलिये उसकी सक्रियता कम हो गई है। रात उसने किसी किस्म का अनुचित व्यवहार नहीं किया। जैसे भौंकना, चिल्लाना या फिर उछल-कूद मचाना। चिन्ता इस बात की थी कि कुछ खा नहीं रहा था। यह क्रम अगली सुबह, दोपहर और शाम तक बदस्तूर जारी था। जैसे उसने हम लोगों के खिलाफ एक आन्दोलन छेड़ दिया था। अहिंसात्मक और असहयोग... ताकि उसे अपने मालिकों के पास वापिस भेजा जाये। लेकिन मृतिका के पति के अड़ियल रवैये के सामने मैं मजबूर था। कुत्ते को मरने के लिये ऐसे ही नहीं छोड़ सकता था। सोचते हुए उसे सहलाने लगा। मुझे महसूस हुआ कि उसके कान जरूरत से ज्यादा गर्म हैं। मैंने बन्टी से उसकी दशा के बारे में बात की। बात की बात पर बन्टी ने अपने दोस्त को फोन कर दिया। दोस्त ने फोन पर ही बन्टी को बड़े गंभीरानान्दाज में किसी डाक्टर को दिखलाने की सलाह दे डाली। उसने जानवरों के डाक्टर का नम्बर भी दिया। मैंने फोन कर कुत्ते की

पूर्ण वस्तुस्थिति से डाक्टर को अवगत कराया। डाक्टर थोड़ी देर बाद ही हमारे बताये पते पर आ पहुंचा।

इसकी हालत ठीक नहीं हैं...! कुत्ते को देखते ही डाक्टर बोला था। तीन दिन हो चले थे, उसे हमारे पास आये हुए और तब से अब तक उसने कुछ भी खाया नहीं था।

हम सब उसके लिये एक तरह से परेशान थे। भरसक उसके लिये प्रयासरत थे कि वह ठीक हो जाये। कुछ खा ले। पर कुत्ता भी बड़ा जिद्दी था। न खाने का उसका संकल्प किसी अटल प्रतिज्ञा से कम नहीं था।

"जैसा आपने बोला...।" डाक्टर ने अपनी मुण्डी हिलाते हुए कहा, "उस घटना का इसे जबरदस्त सदमा लगा है। अपनो से दूर होने की वजह से, इसका नर्वस ब्रेक सिस्टम डाउन हो गया है।

क्या यह सब कुत्तों में भी होता हैं मेंरे मन में उस अजनबी कुत्ते के लिये ममता का ज्वार उमड़ पड़ा था। मन ही मन भगवान से उसकी सेहत की दुआ भी कर डाली थी। मेंरे लिये यह हैरानी का विषय था। कुत्ते को सदमा लगा है। हममें और जानवरों में कोई फर्क नही है। मैं धीरे-धीरे उसका माथा सहलाने लगा। लेकिन हौले से उसने अपना सिर दूसरी तरफ घुमा दिया। शायद यह उसके लिए नराज़गी दिखाने का कोई तरीका था।

फिर भी वह काफी निढाल लग रहा था। कातर निगाहों से इधर-उधर ताक रहा था और हांप रहा था।

डाक्टर ने कुछ एक दवाईयां अपने पास से दी थी और उन्हें ग्लूकोस या शहद के साथ पाउडर के रूप में पीसकर देने की ताकीद करते चला गया था।

इन दवाईयों के असर से वह जल्द ही ठीक हो जायेगा। मैने सोचा, लेकिन ऐसा कुछ हुआ नहीं। जैसे जैसे समय सरक रहा था उसकी हालत बिगड़ती जा रही थी। मुझे लगा कि उसकी इस हालत का जिम्मेदार मैं ही हूं। मैं अगर न लाता तो भला चंगा बना रहता, उनके पास। शायद मृतिका का पति रख ही लेता उसे। न भी रखता, लड़की जब तक अस्पताल में है तो वहीं बना रहता। लेकिन यह जरूरी नहीं है कि कुत्ते को अस्पताल प्रबन्धन बर्दाश्त करता। निकाल बाहर करना था, उसने।

अच्छा भला कुत्ता लेकर आये थे। कैसी गुंजीली आवाज में भौंक रहा था। कभी रिरियता, कभी मनुहार करने जैसे अंदाज में मुंह से आवाजें निकालता। बरबस मेरी आंखों के सामने दुर्घटना के समय का दृश्य कौंध गया। लहु-लुहान लड़की और महिला के शरीर सूंघ रहा था। उसके हाव-भाव से वह आक्रान्त व दुःख में डूबा दीख रहा था। वैसे वह लड़की की तरफ ज्यादा तवज्जो दिखा रहा था। शायद उसे इस बात का इल्म हो चुका था कि वह जीवित है और औरत मर चुकी है।

मैं कुत्ते के माथे पर हाथ फेरते फेरते अनायास पुचकारने लगा, साहिबऽऽ...ओ साहिब...उठ बेटा ऽऽ...।" अरे इसका नाम साहिब रख सकते हैं। मैं अपने आपमें ही बड़बड़ाया। पत्नी ने टोका, "क्या कह रहे हो...। मैंने उसके नामकरण के बारे में बताया। वह गमगीन स्वर में बोली, "बेचारा ठीक तो हो जाये...।" मैने पत्नी के चेहरे की तरफ देखा। वह भी दुःखी नज़र आयी।

मन में ख्याल आया क्यों न मृतिका के पति को फोन करके कुत्ते की हालत से अवगत कराया जाये और उसे वापिस ले जाने के लिये कहा जाये। मतलब तो साहिब के ठीक होने से है। भले ही वह उससे ठीक से व्यवहार न करे। पर अपनों के बीच अपनी पुरानी जगह जाकर ठीक तो हो जायेगा। एक बार ठीक हो जाने के बाद दुबारा उसे सदमा नहीं लगेगा।

अन्यमनस्क सा उठ कर मैं कमरे के चक्कर काटने लगा। इस प्रक्रिया में अपने माथे की एक विशेष जगह को मैं अपने अंगूठे के दबाव से दबाने लगा। जब चिन्ता बढ़ जाती है, तो ऐसा ही होता है। लगता है जैसे दिमाग के अन्दर कुछ फूलता जा रहा है। हालांकि कोई फर्क नहीं पड़ता है, दबाने से, बल्कि धीरे-धीरे उसी स्थान पर दर्द होने लगता है। पत्नी कई दफे डाक्टर से सलाह लेने के लिये कह चुकी है। पर डाक्टर के पास जाना भी आसान है...। पहले डाक्टर का नम्बर लो। फिर दिये गये नियत समय पर जाकर दिखाओ। लेकिन ऐसा होता नहीं है। निर्धारित समय निकल जाने के बाद ही अपनी बारी आती है। फिर टेस्टो की लम्बी फेहरिस्त थमा पर्चे में कुछ दवाईयां लिख देता है, और जल्दी से महंगे टेस्ट कराने की ताकीद दे चलता करता है। टेस्ट कहां से करवाना है, इसका चयन भी डाक्टर करता है। मतलब यह कि एक लम्बे प्रकृम

से गुजरना पड़ता है। अपनी बीमारी के इलाज के लिये। धन व्यय तो दरकिनार हैं, बीमारी क्या है इसका सही पता मरीज को चल ही नहीं पाता। भाग-दौड़ के साथ परेशानियों का सिलसिला अलग से शुरू हो जाता है।

"चलो साहिब ठीक हो जाये तो...डाक्टर को दिखला ही लेता हूं...।" संकल्प करने जैसे अंदाज में सोचा। फिर स्वयं ही मुस्कुरा दिया। तभी कुत्ते पर नजर चली गई। उसका शरीर हिल रहा था और धीमे-धीमे मुंह से आवाजें निकालने लगा था। संभवता टी.वी. के मध्यम शोर में उसकी आवाज नहीं सुन पाया था। अधीरता से उसके पास लपकते हुए पहुंचा।

"अभी तो ठीक था...इसे क्या हो गया...। मेरा मतलब यकायक हुई उसकी इस खराब हालत के बारे में था। मेरी आवाज से पत्नी रसोई से गुंथे आटे से लथपथ हाथ लिये बाहर आ गई।

मैं कुत्ते के पास चला आया। वह लम्बी लम्बी सांसे ले रहा था।

कहीं इसे अटैक तो नहीं पड़ा है...।

कमरे से पढ़ते हुए बन्टी भी निकल कर मेरे पास आ खड़ा हुआ। पापाऽऽ... डाक्टर को फोन करो। बन्टी की आवाज में बेचैनी थी। मुझे लगा कि साहिब अब गया और कहने के लिये मुंह खोला कि अब कोई फायदा नहीं...।' लेकिन बन्टी के चेहरे पर कुत्ते के लिये खिंची हुई मोह से ग्रसित चिन्ता की आढ़ी तिरछी लकीरें देख, तरू को फोन लाने के लिए कहा।

डाक्टर ने फोन पर ही, जोर-जोर से कुत्ते के सीने को दबाने की ताकीद करते हुए कहा, "आ रहा हूं...।"

मैं नीचे बैठकर साहिब के सीने को दोनो हाथो से, जैसा कि डाक्टर ने बताया था, दबाने लगा। लेकिन इससे भी कुछ फायदा होते नज़र नहीं आया। अलबत्ता सांसो की बेतरतीबी ने जरूर एक राह पकड़ ली। यह हमारे लिये भले ही सन्तोष का कारण हो पर जब तक डाक्टर नहीं आ जाता अनिश्चितता तो बनी रहेगी। डाक्टर का इंतजार करने के सिवाये हमारे पास कोई रास्ता नहीं था। पर वह जल्दी ही आ पहुंचा। उसके आने से एक सम्बल जरूर मिला हम सबको, पर साहिब की स्थिति चिन्ता का विषय तो थी ही...।

डाक्टर ने बैग से आला निकाल कर उसकी धड़कनों का जायजा लिया।

यह प्रक्रिया कुछ देर तक चली।

"डाक्टर साब डागी का ब्लड़प्रेशर भी चेक करेंगे।"

बन्टी की बात पर ऐसी घड़ी में भी मेरे होंठों पर हंसी तिर आई। अक्सर अपनी मम्मी को डाक्टर द्वारा ऐसा होते देखता जो है पहले स्टेकिस्कोप तरू के सीने से लगता है फिर उसका ब्लडप्रेशर लेता है।

"नहीं...बेटा कुत्तों का ब्लड प्रेशर नहीं चेक कर सकते। "बन्टी के चेहरे में आशवस्ति के भाव आ गये। इस बीच डाक्टर इंजैक्शन तैयार करके कुत्ते को लगाने की तैयारी कर रहा था। बन्टी ने जोर से आंखें मीचते और दांत भींचते उसकी ओर पीठ कर ली। डाक्टर ने कुत्ते के पुट्ठे पर इंजैक्शन घोप दिया। मरियल सी किकियाट निकाल कर ही रह गया साहिब।

"पापाऽऽ...डॉगी ठीक तो हो जायेगा...।"

मैंने मायूसी से बन्टी को देखते हुए उसके सिर में हाथ फेरा। कुछ कहने की स्थिति में, मैं भी नहीं था। एक कुत्ते को इतना जबरदस्त सदमा लगा है कि वह अपनी जान देने पर उतारू हो गया। जानवर भी संवेदनशील और भावुक होते हैं यह कुत्ते को देख मुझे अहसास हुआ। वास्तव में कुत्ते की वफादारी पर सन्देह नहीं किया जा सकता। उसकी भक्ति मालिक के प्रति अगाध है। मैं भाव विहल हुआ उसके माथे पर हाथ फेरने लगा।

"साहिब...ओ साहिब...।" आगे कुछ कह नहीं पाया। मुझे लगा मेरा गला रुंध गया है और आंखें भी पनीली हो गयी हैं। कहीं मुझे कमजोर न समझ लें। आंखें भींच कर पलकों के दबाव से आंखों का पानी सोखने की व्यर्थ कोशिश की। पलके खोली तो धुंधलके के पार डाक्टर को एक और इंजैक्शन तैयार करते देखा, साहिब को लगाने के लिए।

संझा

बच्चों के घर से जाते ही उसके मन में ख्याल आया, क्यों न आज का यह समय हम लोग भी अपने ढंग से इंज्वाय करें, "ऐय मैंने कुछ सोचा है।" उसने गुमसुम सी हो आई पत्नी को अपनी तरफ आकर्षित किया। सुरभि चिहुंक उठी। पति की तरफ देखा।

"मेरे दिमाग में एक आईडिया है हम आज कुछ स्पेशल करते हैं।" अपने आप में ही खोयी हुई, पति के पुकारे जाने के बावजूद सुरभि अभी तक सामान्य नहीं हो पायी थी। बात ही कुछ ऐसी थी। बहु का आज जन्मदिन था जिसे विकेश घर में न मना कर किसी बड़े से होटल में बच्चों के साथ जाकर मनाने वाला था। चाहता तो उन दोनों को भी ले जा सकता था। लेकिन इससे ब्रूनो अकेला पड़ जाता। जिसे वे किसी भी हालत में अकेला छोड़ने के हक़ में नहीं थे। बहु ने तो दबी जबान में दलील भी दी थी कि पिछली दफे उसे अकेला छोड़ देने से उसे माइनर हार्ट अटैक पड़ गया था। उन्हें अगर आने में और देर हो जाती तो शायद वह बचता भी न। बात सही थी ब्रूनो अगली सुबह तक निढाल पड़ा रहा था। विकेश को आफिस से छुट्टी लेकर ब्रूनो को जानवरों के डाक्टर के पास लेकर जाना पड़ा था। उसी ने सारी तफ्तीश कर लेने के बाद विकेश से कहा था, "इन पैट डाग को अकेला नहीं छोड़ना चाहिए फिर आपके डागी का आप लोगों के साथ काफी गहरा अटैचमेण्ट है। आप सब के चले जाने से वह बिलकुल अकेला हो गया और उसे अकेलेपन के फोबियों से हार्ट अटैक पड़

गया। वैसे यह माईनर था सो बच गया।" कुत्तों को भी दिल का दौरा पड़ता है। डाक्टर की बात सुन कर हैरान रह गया था, विकेश। दवाओं का पुलन्दा जिसमें पीने वाली दवाई और दो-तीन किस्मों की गोलियां थी। दवाखाने से खरीद कर घर पहुंचा था। बहु ने पूरी ऐतियात बरतते हुऐ ब्रूनों की किसी इंसानी बच्चे की तरह समय से दवाईयां देते हुए देखभाल की थी। उस दौरान डाक्टर की बताई डाईट उसे दी जाती रही। यानि कि मांसाहारी खाना बिलकुल बन्द सिर्फ दाल सब्जी के साथ ब्रूनों को गुजारा करना पड़ा था। डाक्टर ने सुबह शाम उसे पार्क में सैर कराने की नसीहत भी दी थी। बल्कि सैर तो हमेशा कराते रहने के लिए बोला था। विकेश हमेशा की दिनचर्या में ब्रूनो को सैर कराना तो नहीं शामिल कर सका अलबत्ता जब तक वह पूरी तरह स्वस्थ नहीं होगया तब तक तो पास ही एक पार्क था वहां घुमाने ले जाता रहा। दरअसल ब्रूनों के साथ सबसे बड़ी समस्या यह थी कि वह बाहरी इंसानों को देख भौंकने लगता था। इससे उसे सैर कराने में काफी दिक्कतें पेश आती थीं। यह सब देखते हुए ही बहु.बेटे ने यह तय किया था कि अब से कोई न कोई जरूर ब्रूनों के पास बना रहेगा। ज्यादातर बुड्ढे-बुढ़िया ही घर पर रह जाया करते थे। जैसे कि आज। सुरभि पति की ओर उत्सुक निगाहों से देखे जा रही थी। बूढा उसे भूमिका बान्धते दिखा था। पति को भी जब यह समझ नहीं आया कि वह किस तरह से अपनी बात पत्नी के सामने रखे जिससे कि उसके ऊपर उसकी बात का प्रभाव पड़ सके तो उसने सीधे सादे शब्दों में कहना शुरू किया, "देखो भई आज हमारी शादी की सालगिरह है। बच्चों को यह दिन अब याद नहीं रहता। ठीक है...समय के साथ बदल जाना दुनिया की रीत है। मैं यही कहना चाहता हूं कि हमें मौका मिला है अपनी वैवाहिक वर्षगांठ मनाने का... तो हम क्यों छोडें इसे... हम भी इंज्वाये करते हैं उन लोगों की तरह... ।"

"धत्त...।" किसी अल्हड़ नवयौवना की तरह लजाते हुऐ सुरभि ने गर्दन झुका दी, "यह सब करते अब अच्छा नहीं लगता। वो भी बच्चों की एब्सेण्ट में... फिर ब्रूनो को छोड़ कर कहीं जा नहीं सकते। इसी लिए तो बच्चे हम लोगों को कहीं लेकर नहीं जाते।" पत्नी फिर से मायूस होगई थी।

"अरे यार... ! तुम भी क्या... । मैं कहीं जाने के लिए नहीं कह रहा।

यहीं...घर पर कैण्डल डिनर करते हैं बाहर से खाना मंगवा लेते हैं।"

"नहीं... ! बच्चे अगर आगये तो क्या सोचेंगे।" पत्नी ने घबराते हुए कहा।

"हम लोग जल्दी निपटा देंगे...उनके आने से पहले ।" सुभाष ने मनाने जैसे अंदाज में पत्नी से कहा था, "वे लोग होटल मोटल कैनाल व्यू गये हैं शहर से बीस बाईस किलोमीटर दूर है।" सुभाष ने हसते हुए कहा।

सुरभि भुनभुनाई, "आप भी क्या ले कर बैठ गये। यह सब अब अच्छा नहीं लगता।"

"ओफ्फ हो...! यह सब छोडो। मौका मिला है तो इसे हम क्यों हाथ से जाने दें...।" क्षणांश तक रुकने के बाद फिर बोला, सुनो तुम तैयार हो जाओ।"

पत्नी कुनमुनाई, "रहने भी दो।"

ओह नो... प्लीज।" पति का लहजा मनुहार भरा होगया था, "मैं तब तक खाना आर्डर करता हूं... यू गो हरीअप।"

"इससे हम लोगों का भेद खुलने में जरा भी टाईम नहीं लगेगा बच्चों के सामने।"

"अरे उन्हें दो-ढाई घण्टे से कम नहीं लगेगा लौटने में...बल्कि इससे ज्यादा ही वक्त लगेगा। तब तक हम लोग नार्मल पोजीशन में आ जायेंगे...अरे यह तो सोचो जीवन भर का एक यादगार दिन बन के रह जाएगा। देर न करो... प्रिय प्राणेश्वरी।" अन्त तक आते आते सुभाष रोमेंटिक मूड में आगया था। ना चाहते हुए भी सुरभि को तैयार होने के लिए उठना पड़ा था। इस बीच सुभाष मीनू सोचने में लग गया था। लेकिन समय की पाबन्दी के बीच जैसे सब कुछ गड़बड़ा जाता है उसे कुछ सुझाई ही नहीं दे रहा था। हार कर उसने अपने मित्र से सलाह लेना ठीक समझा। मित्र भी पहले सकपका गया लेकिन जल्दी ही सामान्य होते हुए उत्साह में आकर खाने के बारे में बताने लगा, "ऐसा करो स्नैक्स में चीज़ सिगार, पनीर सीक कबाब या फिर हरियाली कबाब मंगा लोए खाने में सोया चाप, दम आलू कश्मीरी चलेगा साथ में फ्रूट रायता और पुलाव। मीठे में आईस क्रीम या केसर की खीर... और रोटी में जो तुम्हारी इच्छा।"

"क्या बात है यार तूने तो चुटकियों में हमारी प्राब्लम साल्व कर दी।" प्रसन्न मुद्रा में सुभाष ने कहा, "मैं जल्दी से आर्डर करता हूं... । तुम दोनों भी

आ जाओ।" सुभाष का इशारा उन दोनो यानि मिया.बीवी से था।

"नही यार तुम लोग इंज्वाय करो। हम बाद में आकर पार्टी ले लेंगे। बाई द वे हैप्पी एनवर्सरी।"

"ओ के थैंक्यू फिर मिलते हैं।" जोश से भरे हुए सुभाष ने मित्र का फोन विच्छेदित किया और होटेल वाले का नम्बर मिलाने लगा। जब तक उसने अपना आर्डर लिखवाया, सुरभि भी तैयार होकर आगई। पत्नी को अपने पास आया देख सुभाष उससे नजरे न हटा सका, "कसम से आज तो पुरानी वाली सुरभि लग रही हो। एक बार बाहर निकल कर देखो जिसकी नजर पड़ेगी ठगा सा देखता ही रह जाऐगा।"

"भला तैयार होने का नाटक क्यों।" पति की प्रशंसा के प्रतिक्रिया स्वरुप कुछ कहने के बजाऐ, घड़ी की सूईयों की तरफ देखते हुए सवालिया निगाहों से पत्नी ने पूछा।

"फोटो सैशन भी तो करना है... तभी तो यादगार लम्हे बनेंगे।" झूमते हुऐ सुभाष बोला।

"ऐसा करता हूं मैं भी थोडा चेन्ज करके आता हूं।"

"टाईम तेजी से खिसक रहा है।" पत्नी कुछ चिन्तित दिखी। उसे यही डर सता रहा था कहीं बच्चे आगये तो उनके सामने अच्छी खासी फजीहत हो जाएगी। अगर पहले से बता दिया होता तो बात दीगर थी। यह तो सीधे-सीधे चोरी वाली बात हो गई, क्या सोचेंगे! मीनाक्षी ने कुछ कह दिया तो।" सोच कर ही रह गई वह। खाना आने में अभी आधा घण्टा बाकी था। बैठे-बैठे वह बच्चों के लौट कर आने का हिसाब बनाने लग गई। मोटल कैनाल व्यू तक पहुंचते-पहुंचते आधा घण्टा कम से कम। भीड़-भाड़, ट्रैफिक जाम, रेड लाईट यह सब देखते हुऐ दस-पन्द्रह मिनट और लगा लो। फिर वापसी में इतना समय। होटेल एक-सवा घण्टा। हद से हद ढाई घण्टे। जिसमे एक घण्टा निकल गया। बाकी बचे डेढ़ घण्टे में। हो जाना चाहिए। सोचते हुऐ अपने आपको आश्वस्त करने लगी सुरभि।

"पता नहीं यह क्या पागलपना करने लगे।" एक अंजाने से भय का असर वह अपने चेहरे से नहीं हटा पा रही थी। विकेश भले कुछ न कहे लेकिन बहु

तो मुंह फट है। न जाने क्या कुछ सुना दे। फिर विकेश भी उसकी हां में हां मिलाएगा।

"क्या सोचने लगी... ।" पास आते सुभाष बोला। अपने में खोई उसे पति के नजदीक आने का आभास ही नहीं हो पाया था। संयत होने में एक आध क्षण तो लग गये होंगे उसे। पर सुभाष की बात का जवाब नहीं दिया। बस उसकी ओर देखा वह घड़ी को देख रहा था। होटेल वाले ने खाना पहुंचाने का जो वक्त दिया था उससे दस मिनट अधिक हो गये थे। अब सुभाष के चेहरे में भी बेचैनी करवटें लेने लगी थी, "बना बनाया खेल बिगाड़ देगा डिलिवरी ब्वाये।" अपने आपसे उसने कहा। सुरभि चुप्पी का आवरण ओढ़े बैठी थी अडोल। सुभाष व्यग्रता से चहल कदमी करने लगा था। इसी बीच घण्टी बजी तो मियां-बीवी की जान ठिकाने पर आई।

"अरे इतनी देर कर दी...।" रोष भरे लहजे में सुभाष ने कहा। लड़का अपनी सफाई देने लगा। लेकिन सुभाष जैसे अपने में मग्न था, "कैण्डिल लाए।"

"जी सर... ।"

सारा सामान सुभाष ने लड़के से लेकर मेज पर रख दिया। आनन-फानन में सुरभि रसोई से डोंगे और प्लेटें उठा लाई। इस काम में सुभाष ने भी उसका साथ दिया।

कुछ ही देर में डायनिंग टेबल विभिन्न भोज्य पदार्थों से सज गई थी। बीचोबीच रंगीन विशेष आकृति में ढली मोमबत्ती और उसके अगल-बगल, ड्राईंग रूम से उठा कर लाए गये फूलदान में पड़े बनावटी फूलों के गुलदस्ते अलग ही छटा बिखेर रहे थे।

इतना ही नहीं माहौल को रुमानी करने के लिए सुभाष ने एक बल्ब छोड़ कमरे की समस्त बत्तियां बुझा दीं थी। मेज के इर्द-गिर्द मोमबत्ती की मध्दम पीली रोशनी में सबसे पहले सुभाष ने मोबाईल कैमरे से पत्नी संग सेल्फी ली। एक नहीं कई दफे। पास से, दूर से। फिर बड़ी अदा से सुरभि का हाथ थाम रुमानी अंदाज में कहा, "बेशक हमारे बच्चों को आज का दिन नहीं याद है। लेकिन मेरे लिए यह बहुत ही स्पेशल है। दिल करता है आज फिर तुम्हारे साथ फेरे ले लूं।" कुछ देर रुका जैसे सुरभि के चेहरे पर आये भावों को पढ़ रहा हो।

वह नजरें नीचे किए मन्द मन्द मुस्कुराए जा रही थी, "न जाने क्यों मुझे आज से तीस बरस पहले के शादी के दिन की याद आ रही है।" सुभाष ने कहना शुरू किया, "मैं उस दिन और उसके बाद के तमाम दिनों को आत्मसात् करना चाहता हूं। मैं चाहता हूं कहीं दूर बहुत दूर तुम्हे लेकर निकल जाऊं जहां यह गगन और धरती मिलते हैं और फिर से एक नई जिन्दगी की शुरुआत करूं।"

"अरे शायर साहब अपनी शायरी बन्द करिए। खाना शुरू कीजिए।"

"काश मैं शायर ही होता तो कम से कम तुम्हारे हुस्न पर कसीदे तो गढ़ लेता।" फिर बुलन्द ठहाका हवा में छोडा।

वह इन पलों में घुटी हुई जिन्दगी से बाहर निकल कर बेलौस और बिन्दास भरी एक नई जिन्दगी की शुरुआत करना चाहता था। जहां कोई रोक.टोक न हो। कोई उनके क्रियाकलापों पर आक्षेप करने वाला नो हो और जो उनके वजूद की मौजूदगी को महसूस करे। कम से कम जीवन की इस सांझ बेला में उन्हें अनदेखा न कर सके।

अपनी रौं में सुभाष ने डोंगे से चम्मच भर खीर लेकर सुरभि की ओर बढ़ाई, "कोई अच्छा काम करने से पहले मुंह मीठा करना चाहिऐ।" बस इतना ही कह पाया कि उसका हाथ कांप गया और चम्मच तक पहुंचने के लिए अपने आपको आगे की ओर झुका रही सुरभि भी जहां की तहां काठ हो कर रह गई। बाहर गाडी के हार्न के बजने की आवाज आ रही थी।

सुभाष ने खीर का चम्मच रख कुर्सी से उठते हुऐ खिड़की के बाहर झांक कर देखा। गाडी सामने वाले घर के बाहर खड़ी थी। अपरिमित सकून भरी सांस लेते उसने गर्दन मोड़ते हुए स्याह पड़े पत्नी के चेहरे को देखते हर्षित होते हुए किसी बच्चे सृदश चिल्लाया, "अभी वे लोग नहीं आये।" और अपनी दोनों बाहें फैला लीं।

एक सच यह भी

चांदनी ठीक उसके सामने खड़ी थी। खाने की थाली हाथ में पकड़े हुए "भय्याऽऽ...जी...।

रघु सुना-अन-सुनाकर अपलक चांदनी की ओर देखता ही रहा। अपनी तरफ यूं देखते पा चांदनी अकबका गई। तभी रघु के मन में न जाने क्या आया कि खाने की थाली न पकड़ते हुए अपना हाथ चांदनी की तरफ बढ़ाया। एकदम से उसके चेहरे के पास तक कि चांदनी चिहुंक कर एक कदम पीछे हट गई। उसे रघु की हरकत कुछ अटपटी सी लगी। चेहरा भी रघु का अजीब सा हो रहा था। लेकिन चांदनी की चेष्टा देख रघु ने हठात् अपनी बांह नीचे कर ली।

मुझे अभी ऐसा नहीं करना चाहिये था, अपने आप पर नियन्त्रण रखना चाहिए था। सोचकर रह गया रघु। लेकिन उसकी भी गलती नहीं है। जब से बिन्दिया, चांदनी को गांव से लेकर उसके पास आयी है। उसकी ख्वाईशों पर लगे अंकुशों की चुभन से वह विह्ल हुआ जा रहा है।

शुभ्रा के उसके जीवन के सफो से अचानक चले जाने के बाद चांदनी का इस घर में आना जहां रघु के सूनेपन की कचोट से उसे निजात दिला गया था। वहीं मनहूसियत से डूबा घर चहार दीवारी समेत चहक उठा था।

दरअसल रघु को किसी ऐसी कामकाजी लड़की की जरूरत थी जो चौका-बासन, झाड़ू-पोछा से लेकर घर का सारा काम करते वहीं पर रह सके। इस सम्बन्ध में रघु ने काम वाली बाईयों से कह भी रखा था। इन्हीं में से एक बाई

को बिन्दिया न जाने कैसे मिल गई और उसे लिये रघु के पास आ गई।

पहले तो रघु बिन्दिया को विस्मय से देखता ही रह गया था, यह यहां कैसे...। एकदम से यादों की तारें झंकृत हो गई थी रघु के मन मस्तिष्क में और भावावेश में साथ लेकर आयी बाई की नजर बचाते उसने बिन्दिया का हाथ थाम लिया था पर बिन्दिया ने कोई खास प्रतिक्रिया नहीं व्यक्त की थी। हां हंसी जरूर चेहरे में सिलवटों के मानिन्द बिछ गई थी।

संभवता रास्ते में या मिलने पर बाई ने बिन्दिया को शुभ्रा के बारे में बता दिया होगा तभी आते ही रोआंसी हो आयी थी। बहुत देर तक बोलती रही थी शुभ्रा के बारे में कि भाभी ऐसी थीं...भाभी वैसी थी। भाभी बहुत अच्छी थी। गमगीन हो आये माहौल की तलछट से उठते धुंए को छितराते हुए बाई ने ही बोलना शुरू किया था। बड़े पेशेवर ढंग से कि वह चांदनी को काम काज के लिये रख सकता है। और रघु छुई-मुई बनी बिन्दिया की लड़की चांदनी को देखता रह गया था। बाई किसी कुशल दल्ले की तरह बोल रही थी यही कि चांदनी के कपड़े लत्तों की जिम्मेदारी रघु निभायेगा। कभी कभार घर जाने की छुट्टी भी देनी पड़ेगी। तीज-त्योहार में त्योहारी और चांदनी की जरूरत संबंधी चीजों की भी फर्माईशें बाई ने गिना दी थी। शरीर है तो बीमारी भी लगी रहती है। ऐसे में दवा दारू का वहन रघु करेगा। जब तक चंगी नहीं हो जाती पूरा आराम देगा या फिर घर जाने की छूट। हालांकि बिन्दिया ने काफी समय तक रघु के घर काम किया था। लेकिन शुभ्रा की मुंह चढ़ी महरी ने बिन्दिया के खिलाफ शुभ्रा को भड़का कर उसे हटवा खुद काम करने लग गई थी और आज बिन्दिया की हिमायती बन कर खड़ी है। जरूर कोई बात है। चांदनी को यहां लगवाने के पीछे बिन्दिया की टेंट ढ़ीली करवायेगी।

हालांकि चांदनी की उम्र को देखते हुए रघु को उसके काम-काज पर संदेह भी था। पर अपने एकाकीपन की भरपाई होते देख उसने मजबूरी के आगे घुटने टेकने जैसे हाव-भाव से चांदनी को अपने यहां काम पर रख लिया था। और चांदनी ने भी जल्दी ही रधु की तमाम अवधारणाओं को उठाकर ताक में रख दिया था।

रघु की छोटी से छोटी जरूरतों का ध्यान इस बखूबी से रखती थी कि

रघु स्वयं सोचने के लिये मजबूर हो जाता कि चांदनी उसकी अपनी न होकर भी कितना कुछ उसके बारे में जानने समझने लगी है। खाने में उसकी पसन्द न पसन्द, समय से दवाईयां देना, काम पर जाने के लिये अलमारी से कपड़े निकालना। किसी कार्यक्रम में जाना है तो कैसे कपड़े पहनने हैं। कितना कुछ तो जान गई है रघु के बारे में। कभी इतना ख्याल उसकी पत्नी ने भी नहीं रखा। लेकिन शुभ्रा भी क्या करती। सोचते हुए पत्नी की याद में संवेदना से अन्तर में जमा ठोस पिघलकर उसे भिगों गया। उच्च रक्तचाप और उस पर अनियत्रित मधुमेह बावजूद इसके पूरा घर संभाला हुआ था उसने। कितनी ही तकलीफ से पीड़ित क्यों न हो शुभ्रा पर रघु कभी भूखा नहीं सोया। समय से खाना देना उसकी प्रथम प्राथमिकता थी। जिसे उसने अपने अन्तिम समय तक बाखूबी निभाया।

समाजदारी और व्यवहारिक औपचारिकतायें सभी तो शुभ्रा ही निभाती आयी थी। मुहल्ले में किसी को तकलीफ हो या बीमारी परेशानी हो तुरन्त भागी जाती थी। लेकिन उस अभागिन को अस्पताल में उससे मिलने कोई नहीं आया। इसका मलाल उसे जाते जाते रह गया था।

शुभ्रा के असमय व अचानक चले जाने से रघु सिर्फ आहत ही नहीं था बल्कि बुरी तरह से भयग्रस्त व अक्रान्त हो गया था। उसे अक्सर यह डर सताने लगा था कि रात में सोते सोते उसके प्राण निकल गये तो लोगों को कैसे पता चलेगा कि उनके मुहल्ले का अमुक व्यक्ति चल बसा है। जब चार-पांच दिन गुजर जायेंगे और मृत शरीर से बदबू फैलने लगेगी तो लोगों को अनुमान लगाते देर नहीं लगेगी कि शायद उनके पड़ोसी रघु की मौत हो गई है। तब अन्दर आने के लिए सबसे पहले दरवाजा तोड़ा जायेगा। संभवता इसके लिये पुलिस की मदद ली जाये। क्योंकि किसी के घर का दरवाजा तोड़ना तो कानूनी जुर्म है। पुलिस केस बनने से पोस्ट मार्टम भी होगा। वह सिंहर जाता। कहीं उसकी कल्पना ने हक़ीकत का रूप ले लिया तो। वह देखता लोगबाग नाक मुंह ढककर अन्दर आ रहे हैं। सड़ते शरीर की दुर्गन्ध से कुछ लोगों को उल्टियां होने लगी हैं। वास्तव में यह मंजर कितना हृदय विदारक होगा।

अस्त-व्यस्त सी तहस-नहस हुई उसकी अपनी लाश, उसकी आंखों के सामने तिर जाती है और उसे अपनी मौत के फलस्वरूप उपजा हादसा अपने

अन्तर में पैठता नजर आता है।

यह जानते हुए कि मृत्यु शाश्वत है हर इंसान को, हर प्राणी को...धरती के एक-एक जीव जन्तु को यहां से सदा के लिये चले जाना है क्या संत-महात्मा, क्या पीर-पैगम्बर सबके सब इस संसार को अलविदा कह गये, "राम गयो रावन गयो जाको बहो परिवार, कहो नानक थिर कछु नहीं सुपने जो संसार" कभी किसी को अमरत्व प्राप्त हुआ है जो वह जीवित रह सके। बावजूद इसके सारी बातें एक तरफ धरी रह जातीं और मौत का दंश उसे स्याह कर जाता ।

सच्चाई से मुख नहीं मोड़ा जा सकता था जो गम उसके अन्तर में व्याप्त था उसे पल प्रति पल जीता था।

चांदनी के होने से उसकी सोचों की तस्वीर में बदलाव जरूर आया पर मौत की वास्तविकता को भुला पाना इतना सहज नही था। उस विषय में उसने किसी मनो चिकित्सक से मिलने की सोची। लेकिन अपनी हास्यास्पद स्थिति के आभास ने उसे ऐसा करने से रोक दिया। मित्रों से विमर्श करना चाहा पर वे हमेशा की तरह अपनी दिनचर्या में व्यस्त और खुश नजर आ रहे थे। लिहाजा संकोच और झिझक ने उसका मुंह बन्द कर दिया।

शहर में एक बार आर्ट ऑफ लिविंग पर एक कंसर्ट हुआ था। वहां भी हो आया। एक टी.वी. शो में एक पंडित जी को कहते सुना था कि यदि मृत्यु का भय सताता हो तो अपना कोई पुराना कपड़ा किसी गरीब को दान कर देना चाहिये। रघु ने तुरन्त इस पर अमल भी कर डाला। पर अन्तर में जो भय पैठ गया था वह बाहर नहीं निकला तो नहीं निकला।

क्या ऐसा डर एक उम्र तक पहुंचने के बाद सबको लगने लगता है। रघु ने सोचा था।

एक बार वह अपने बहुत पुराने मित्र के पास उसकी मिज़ाज पुर्सी के लिये गया था। असल में मित्र को अचानक कोई शारीरिक तकलीफ आ गई थी। मित्र के अनुसार तो उसकी हालत जान लेवा ही हो गई थी।

मित्र कह रहा था, "हास्पिटल तो पहुंच गये थे पर लगता था घर वापिस नहीं जा पायेंगे...यह अफसोस रह जायेगा कि मरे तो घर के बाहर।" मित्र की बात पूरी भी नहीं हो पायी थी कि रघु बीच में ही बोल पड़ा था, "तुम्हें डर नहीं

लगा।"

"किस बात का...।" मित्र ने पूछा था।

"अरे ऽऽ...। यही मौत का, कि अब तुम मरने वाले हो...।"

मित्र ठ्ठाकर हंस पड़ा था, "अरे यार कैसी बातें करते हो। मरना तो सभी ने है। हमारी तुम्हारी यह संध्या की बेला है...कब रात हो जाये, क्या जाने...।"

सायास रघु कांप गया था। क्या यह उसकी सांझ है। अभी बासठ्-त्रेसठ् का तो हुआ है लोग बाग इस उम्र में शादिया रचा रहे हैं।

"खाम खां में डर रहा हूं...।" अपने को समझाते हुए सोचा, उसने।

रघु ने अपने उस ब्याह रचाने वाले दोस्त के बारे में सोचना चाहा। यही कि उसने कैसे दूसरी पारी एक नई औरत के साथ शुरू कर ली। उसे तो डरना चाहिये था कि जैसे उसकी औरत मर गई, वैसे ही वह भी मर सकता है। तब इस नई नवेली का क्या होगा। निश्चय ही वह दूसरे के घर बैठ जायेगी और इसकी धन-सम्पत्ति की मल्कैंण बन जायेगी।

मन में उसके यह भी विचार आया कि घूमने फिरने से मन बदल जाता है। कहीं घूम आया जाये। पर कहां...। किसके पास जाये। रिश्तेदारों के पास जायेगा बहुत ज्यादा दो-तीन दिन रुक पायेगा। अपने मन से कुछ कर नहीं पायेगा। उकताहट होगी सो अलग। तीरथ करने की सोची तो एक बार ऐसा भी कर डाला। वहां किसी योगी-महात्मा का प्रवचन क्या सुन लिया कि मन फिर खिन्न और उचाट हो गया।

भला हो उस बाई का जो चांदनी को लिवा लायी थी। चांदनी उम्र की छोटी थी यही होगी सोलह-सत्रह की पर शारीरिक उठान ठीक-ठाक था। बहुत जल्द ही वह रघु से घुल मिल गई थी। उसका बात बे बात पर हसंना रघु को बिन्दिया की याद दिला जाता। हां चंचल बिन्दास और उदात्त प्रकृति चांदनी की एक अलग विशेषता थी। वहीं बोलने के लहजे में, चाल-ढाल में एक सलीका था। शक्ल-सूरत भी मां या बाप से बिल्कुल अलहैदा थी। उसके व्यक्तित्व में एक सम्मोहन सा था जो बरबस ही अगले को अपनी ओर खींच लेता था। इन सबके अलावा रघु को चांदनी का अपने इर्द-गिर्द बने रहना अच्छा लगता था। उसके ख्यालों में यकायक वह आकर ठहर सी गई थी।

कभी काम निपटाती, कभी रघु से या घर पर कोई आ जाता तो उससे बोलती- बतियाती, तो कभी गुम सुन सी बैठी न जाने ऐसे अनेको कोणों से उसकी भाव भृंगिमाएं रघु के ज़ेहन में आकर कैद हो गई थी। जिनका कोलॉज अक्सर ही उसकी अनुपस्थिति में रघु के मन-मस्तिष्क में एक आकार सा बनाने लगता था।

कई बार उसने अपने आपसे यह सवाल भी किया कि वह चांदनी को लेकर इतना पजेसिव क्यों होता जा रहा है। शायद इस तरह का अहसास उसे जल्दी न भी होता अगर चांदनी दो दिन के लिये गांव न जाती। इन दो दिनों में रघु की दिनचर्या पूरी तरह से अस्त-व्यस्त हो गई थी। इसका यह मतलब भी नहीं है कि चांदनी उसे 'यूज-टू' कर गई थी। लेकिन कुछ तो था उसकी गैर मौजूदगी में जिसने रघु को कचोटा। तभी उसके आने पर बनावटी गुस्सा दिखाते हुए रघु ने कहा था, "अब तुम्हें कहीं नहीं जाने दूंगा।" बिन्दियां जो उसे छोड़ने आयी थी, चहकते हुए बोली थी, "बिटेवा ने मन मोह लिया है, भईया का ऽऽ...।" और रघु खीसे निपोर कर रह गया था।

आते ही चांदनी एक कुशल गृहणी की तरह काम में जुट गई थी, "घर की हालत क्या बना दी है। खुद को भी देख लेते जरा दरपन में कैसी छवि बना रखी है भय्या।"

चांदनी के लहजे में उलाहने के साथ-साथ मीठी डांट का अपनापन झलक रहा था।

"बिटेवा की घर द्वारे अऊर भईया की फिकर तो जरा देखोऽऽ...।" बिन्दिया ने चुटकी ली थी।

"सांझ की बेला हो आई...झाड़ू न बुहारना बिटवा। भाभी मना करती थी।"

"हां-हां मम्मी परेशान न हो...हम पोंछा लगा देते हैं- तुम सब्जियां काट दो।"

बिन्दिया रसोई में जाकर गोभी, प्याज, लहसुन की टोकरी उठा लायी थी और रघु के समीप बैठ चुपचाप सब्जी काटने लगी थी।

"रात को तो यहां पर ही रुकोगी नऽऽ।" बिन्दिया की तरफ गहरी नजरों से देखते हुए रघु ने कहा था। बिन्दिया के होंठो से, फिस्स से हंसी निकल आयी।

"रोकोगे तुम तो काहे नाही रुकेंगे...।" रघु ने कुछ कहना चाहा पर चुप्पी साध गया था। बरसो के अन्तराल से ठण्डे पड़ गये संबंधों में बिन्दिया की उपस्थिति से ऊष्णता की वाष्प के गुनगुने अहसास से सराबोर होते-होते अचानक ही चांदनी की मौजूदगी ने उसे निश्चेष्ट कर दिया। कुछ और सोचता इससे पहले चांदनी चाय लेकर आ गई थीं। तीनों खामोशी से चाय पीते रहे। फिर मम्मी से कटी सब्जियां लेकर चांदनी रसोई बनाने चली गई थी।

खामोशी पसरे माहौल में दोनों अकेले ही रह गये थे। खत्म हो रही सर्दी की शाम हालांकि सर्द तो नहीं थी। पर ठण्ड के मिज़ाज़ का अहसास वातावरण में बराबर बना हुआ था। जिसका असर रघु को भी महसूस हो रहा था।

बिन्दिया ने ऊनी ब्लाऊज पहन रखा था और बिना मेल की धोती लपेटे हुई थी। सिर उसका झुका था। सफर के दौरान बिखरे बाल खिलन्दड़े से उसके चेहरे से अठखेलियां करते नजर आ रहे थे। अचानक ही बिन्दिया ने सिर उठाया था। रघु की ओर अपलक देखते पीछे की तरफ गर्दन को जुम्बिश देते हुए देखा था। रसोई से खटर-पटर की आवाजें आ रही थी। आश्वस्त होते हुए बिन्दियां फिर से रघु की ओर उन्मुख हुई थी। "एक बात कहेंऽऽ...। आप तो बिसवास करोगे नाई।"

"क्यों...क्या हुआ...।" रघु के माथे पर कौतुहलता की सलवटें पड़ गई थी।

"तुमको तो कछु मालूम नाहीं।"

रघु मौन बिन्दिया की अभिव्यक्ति की टोह ले रहा था।

"चांदनी आपका खून है...।" एकदम सपाट लहजे में बिन्दिया ने कहा था।

"क्या...ऽऽ...।" बेसाख्ता चीख उठा रघु। जैसे धड़ाम से नीचे पटक दिया हो किसी ने। ऐसे ही जोरदार झटके के अहसास से उसका पूरा का पूरा वजूद हिल गया।

"धीरे...ऽऽ...।" दबी जबान में बिन्दिया बोली और पीछे पलट कर देखा। चांदनी उनकी आंखों से आलोप हुई रसोई में ही खटर-पटर करने में व्यस्त थी।

रघु के ज़ेहन में एकदम से पिछले कई बरस पहले की घटनाएं एक के बाद एक कौंध गईं थी।

"चांदनी आपकी बिटेवा है। आपकी अपनी...।" पिघलते सीसे की मानिन्द

बिन्दियां के एक एक शब्द उसके अन्तर में जमते जा रहे थे।

"क्या यह सच है।" रघु ने सोचा था। सच का चेहरा कितना भयानक होता है। रघु अपाद मस्तक कांप गया था। गुलाबी ठिठुरन भरी श्यामल संध्या में भी उसकी पेशानी में पसीना तिर आया था। किन्हीं कमजोर क्षणों में उन दोनों के पारस्परिक सम्बन्धों की प्रगाढ़ता का परिणाम था चांदनी। गांव जाते समय बिन्दिया ने कहा था, "तुम्हारी निसानी लेकर जा रही हूं पर रघु ने उसकी बात को कोई अहमियत नहीं दी थी। फिर वह लौट कर वापिस भी नहीं आयीं थी। यहां तक कि सालो-साल गुजर गये, बिन्दिया का कोई अता-पता न कोई खबर ही आयी। गांव के ही किसी दुकान का नम्बर दे गई थी जो शुरू शुरू में लगता रहा था। बाद में वह भी बन्द हो गया। एक तरह से बिन्दिया, रघु के ज़ेहन से उतर गई थी। फिर उसका कोई बच्चा भी है बिन्दियां से ऐसी कोई सोच भी रघु के मन में शेष नहीं थी। लेकिन अचानक ही नेपथ्य से निकलकर बिन्दिया का सामने आ जाना किसी अप्रत्याशित घटना से कम नहीं था।

आखिर बिन्दिया झूठ क्यों कहेंगी। फिर उसे यह बात अच्छी तरह से स्मरण है कि बिन्दिया ने इस सच को कई बरस पहले ही रघु के सामने उद्घाटित किया था। उस दौरान रघु ने बिन्दिया के आचार-व्यवहार में अपने प्रति आसक्ति का भाव महसूस किया था।

दरअसल ऐसे दिनों में औरत की समर्पण की भावना होने वाले बच्चें के पिता से अदृश्य रूप से अटूट हो जाती है।

लेकिन इस सच्चाई से कतई इंकार नहीं किया जा सकता था कि मानने के अलावा और कोई रास्ता नहीं है। पर मान लेने से कोई सुखद परिणाम भी नहीं मिलने वाला था। जब तक कि चांदनी को तमाम रहस्यों से अनावृत्त न किया जाये। लेकिन इस रिश्ते की वास्तविकता को अपने अंदर दफन करने से भी कोई हल नहीं निकलने वाला था। क्योंकि इस अपंग कृत्य से उपजा ममत्व उसे अंदर ही अंदर उद्वेलित करते हुए अनवरत् कमजोर बनाता जा रहा था, "चांदनी मेरी बेटी है...मेरा अपना खूनऽऽ...।" उसका जी चाह रहा था वह चांदनी के पास जाये और उसे अपने सीने से लगा ले। उसे लाड़ दे...मान दे अपनी बेटी होने का, और समाज में वो स्थान दें जिसका उसे हक है। उसे बताये कि वह

उसकी अपनी बेटी है...उसकी मां और वह सोचते सोचते विचार जैसे थम जाते हैं। क्या कहेगा चांदनी से कि वह उसकी नाजायज औलाद है एक झूठे आकर्षण के वशीभूत किए गऐ पाप के फलस्वरूप हुई उत्पत्ति है वह। छीः...ऽऽ चादंनी को अपने ऊपर ही घिन आयेगा। अपने पैदा होने पर रोष आयेगा। वह कुछ नहीं कह सकता। सच जिसे छिपाना नहीं चाहता और जो बाढ़ की जलराशि मानिन्द उफनता जा रहा है सब कुछ मटियामेट करने को और वह बेसहारा, शक्तिहीन किसी तिनके सा डूबता उतराता, दीवारों से ठोकरे खाता, लहु-लुहान होता चला जा रहा है।

ऐसा नहीं है कि चांदनी निरी बेवकूफ है। समझती है...सब कुछ और जब पता चलेगा उसे कि जिसे अब तक वह अपना बाप समझती आ रही है, असल में वह उसका बाप है...ही नहीं और जिसे जानती तक नहीं वो शख्स उसका बाप है। फिर इस सारे प्रकरण में वह अपनी मां को किस जगह पर खड़ा करेगी। मां ने जानते बूझते उसे जन्म ही क्यों दिया। वह मां को कभी माफ नहीं कर पायेगी। और स्वयं रघु के लिये भी नफरत से भर उठेगी। यह भी हो सकता है कि वह यह सब बर्दाश्त ही न कर पाये और सबको छोड़ कहीं चली ही न जाये। कहीं इस दुनियां से...। कांप कर रह गया रघु। अंजाने में किये गये पाप ने उसे अपाहिज बनाकर रख दिया है। हताशा से उसने सामने देखा। चांदनी खाने की थाली मूढ़े में रख कर वहां से कब की जा चुकी थी। उसे लगा वह फिर से अकेला पड़ गया है।

स्वप्नहंता

धूप तेज थी। बच्चे के लिए तो बिल्कुल असहनीय। सुमिता ने उसे चारों ओर से अंगोछे से ढक रखा था। लेकिन बच्चे की अकुलाहट से साफ जाहिर हो रहा था कि वह बेहद बेचैन है। हालांकि सुमिता की सारी एकाग्रता बच्चे पर ही थी। वह कभी अपने आंचल से उसे हवा देने लगती तो कभी पानी से भरी बोतल में लगा निप्पल उसके मुंह मे टूंग देती।

मेरा सारा ध्यान आटो की खोज में गर्क हुआ पड़ा था। बावजूद निगाहें कभी बच्चे तो कभी सुमिता की ओर चली जाती। जब-जब ऐसा होता मन में जमा विषाद और गहरा हो जाता। ऐसा नहीं था कि मैं भूल रहा था, सब कुछ। हां भूलने की कोशिशें जरूर हुई थीं जो नाकाम रही थी। आखिर उस घटना का एक पात्र मेरे सामने ही तो मौजूद था। सुमिता जिसका मैं चश्मदीद बना कटधरे में खड़ा था। न जाने क्यों मुझे इस बात पर मलाल भी हुआ। क्या मैं इसी काबिल हूं। नहीं मुझे तो न्याय करने वाली कुर्सी पर होना चाहिए था और सम्बन्धित घटना के दोनों चरित्रों को एक दूसरे का गवाह। तब कहीं जाकर फैसला हो पाता।

मुझे यहां तक चले आना कचोट गया। लेकिन मेरी भी मजबूरी थी। जल्द ही मेरे अन्त:करण ने मुझे आश्वस्त करना चाहा। बात सही थी सुमिता को अकेले जाने देना मुझे गवारा नहीं था। हालांकि वह ऐसा नहीं चाहती थी कि मैं उसके साथ चलूं। मुझसे कैसा वैर। घटना के परिप्रेक्ष्य में तो वे दोनों थे। मेरा प्रयास

तो एकांश और सुमिता के बीच बने फासले को मिटा देने तक ही सीमित था। लेकिन दूरियां बढ़ीं तो बढ़ती ही चली गईं।

बच्चा रो रहा था। किसी का ध्यान उस पर नहीं जा रहा था। मैं चुपचाप उसे उठाकर बाहर चला आया था।

यह कोई नई बात नहीं थी। न सिर्फ मेरे लिए बल्कि उन दोनों के लिए। लेकिन आज उस घटना की इति थी। किन्हीं अवसरों पर सुमिता बड़बड़ाती जरूर दिखी थी कि वह अब यहां नहीं रह सकती पर ऐसा हुआ नही जो घर छोड़ कर चली गई हो।

लौटा था, तो गैर मौजूदगी भरा-सन्नाटा सहमे-सहमे कदमों से घर के अन्दर चहल-कदमी करता दिखा था। सुमिता ने अटैचियां तैयार कर लीं थी और वह चल पड़ने को पूरी तरह उद्यत थी। मुझे दाखिल होते देख, छूटते ही उसने कहा था, "पापा जी मैं जा रही हूं...यहां से, इस घर से...।" अन्तिम शब्दों तक आते-आते सुमिता की आवाज में कंपन आ गये थे। मैं तरल हुआ उसके पास चला गया था, "नहीं बेटाऽऽ ऐसे थोड़ी न कोई अपना बसा-बसाया घर छोड़ देता है...यह तो तुम्हारा घर है। भला कोई अपनी जगह छोड़ कर जाता है।"

"नहीं पापा जीऽऽ...।" उसने मेरी बात काट दी थी। मैंने बहुतेरा समझाया था। इस तरह से अलग हो जाने पर उन दोनों के रिश्तों में पड़ने वाले दुष्प्रभाव से भी अवगत कराया था। लेकिन वह तटस्थ बनी रही थी। बल्कि रिश्तों के बिगड़ जाने की बात से यहां तक बोल गई थी, "अब बचा ही क्या है जिसे सहेजूं बहुत सहा है पापा जी...अब नहीं झेल सकती। हाथ उठाने में कभी गुरेज किया नहीं। लेकिन आज तो...।" साड़ी का पल्लू परे सरकाते उसने अपने आपको मेरे आगे कर दिया। पट्टी बंधे देख मैं अवाक् रह गया। वह तो आगे नहीं बोल पायी लेकिन एकांश की दरिन्दगी मेरे सामने आ गई।

मैं निढ़ाल हो पास पड़ी कुर्सी में बैठ गया था। न बैठता तो लड़खड़ा अवश्य जाता। कुल मिलाकर मैंने अपने आपको बेहद कमजोर पाया। एकांश को कुछ कह न सकने की हिम्मत मुट्ठी से सरकती रेत मानिन्द हो आयी, सुमिता का चले जाना ही बेहतर होगा।' बस इतना ही सोच पाया। उसकी हिचकियां बंध गई थी। मैंने उसे चुप कराना चाहा पर आश्चर्य मेरे शब्द गूंगे हो गये थे। हालांकि

मैं नहीं चाहता था वह जाये। क्योकि वह अगर घर छोड़ कर गई तो लौटना उसका नामुमकिन होगा।

परिस्थितियो को मद्‌देनजर मैंने बामुश्किल अपने आपको समेटा। यह जरूरी भी था। मेरे सामने घर को बचाना प्राथमिकता में था। मैंने अपनी दलीले उसके सामने रखी थी। लेकिन सुमिता का रवैया अपनी जगह कायम था। वह गलत नहीं थी। चुप हो जाने के अलावा मेरे पास कोई रास्ता नहीं था।

मुझे काफी मशक्कत करनी पड़ी, आखिरी बार एकांश और उसमें कब खुशगवार माहौल दिखा था। जरूर अभिजीत का होना कोई दुर्घटना का सबब रहा होगा। मुझे पत्नी की याद आयी थी। अगर वह होती तो ऐसी स्थिति न आने देती। आशा बड़ी सयानी थी। मामले को सुलटा लेती थी। उसके न रहने से समस्याएं बढ़ गई हैं।

बहरहाल मैंने सुमिता को रात को न जाने के लिए कहा था। मन में यह भी था हो सकता है सुबह तक उसके अन्दर की गर्मी ठण्डी पड़ जाये। वास्तव में सुमिता के ऐसे तेवर मैंने पहले कभी नहीं देखे थे। उसने मेरे सामने ही एकांश को कोर्ट-कचहरी की धमकी दे डाली थी। मेरा भी ख्याल नहीं किया था उसने। सर्दियों-सी शीत लहर मेरे जिस्म में उतर, रीढ़ में जा समायी थी। आखिर इस शादी का फैसला तो दोनों का ही था। सुमिता ने तो अपने घर में बिना बताये भागकर इस काम को अंजाम दिया था। हां एकांश ने जरूर शादी के एक दिन पहले हम लोगों को फोन से इत्तला दी थी। आशा ने बहुत समझाया था। समाज की ऊंच-नीच बतायी थी। अपने कोख जाई एकांश के बारे में, उसके स्वाभाव के बारे में सब कुछ बताया था। यहां तक कहने से नहीं चूकी थी कि, "एकांश तो लड़कियों से फ्लर्ट करता है...।" लेकिन सुमिता ने सब एक कान से सुन दूसरे से निकाल दिया था। बाद में आशा ने मुझसे कहा था, "इश्क का भूत दोनों में सवार है...जब तक उतरेगा नहीं...यह पागलपन नहीं थमेगा।"

मुझे इस बात का डर था कहीं लड़की वालों ने कोई बड़ा कदम उठा लिया तो बाहर हमारी अच्छी-खासी फ़जीहत हो जायेगी। कोई पता नहीं साहबजादे कहीं बड़े घर की हवा न खालें।

वैसे सुमिता के मां-बाप ने उसे आज तक माफ नही किया है। इतना फर्क

जरूर आया कि अभिजीत के होने के बाद जो अबोल उनकी तरफ से पसरा हुआ था, चुप्पी भर ही टूट पायी थीं। एक बार भी नहीं कहा था कि आकर मिल जाओ।

यहां तक कि बच्चे की पहली वर्षगांठ जब मनायी गई थी तो आशा ने सुमिता की मां को फोन करके कार्यक्रम में आने का निमन्त्रण दिया था। उसके पापा से स्वयं मैंने बात की थी। लेकिन उनका रवैया अपनी बेटी के लिए जस का तस अड़ियल ही बना रहा था।

रक्षा बन्धन में सुमिता ने घर आने की बात की थी तो उसके पापा ने स्पष्ट शब्दों में मना कर दिया था। उस दिन काफी देर तक सुमिता रोती रही थी। आशा ने ही सहेजा था, उसे अपनी रिश्तेदारी में पड़ने वाले लड़कों को सुमिता से राखी बंधवा दी थी। मुझे आशा की कमी ने फिर से उद्वेलित कर दिया। घर गृहस्थी के टण्टे जितनी बाखूबी से औरत निभा ले जाती है। पुरुष वहां तक पहुंच ही नहीं पाता।

"पापा जी आप कहीं छायें में जाकर बैठ जायें...!"

"कोई बात नहीं...! तुम रुको, मैं थोड़ा आगे से ढूढ़ कर लाता हूं।"

उससे अलग होते ही दिमाग में एक टीस सी उठी और सिर में जाकर छितरा गई। बालों को पकड़ कर खींचा जैसे गुच्छम्-गुच्छा हो गई शिरायें तरतीब में आ जायें। नसों का अकड़ापन तो नहीं गया अलबत्ता बालों के खिंचाव से सिर में सूइयां चभने लगी। इसी बीच सामने से आता एक आटो रिक्शा मेरे बगल से निकल गया। लेकिन सुमिता का ध्यान उस पर पूरी तरह से लगा हुआ था। उसने हाथ के इशारे से उसे रुकने के लिये कहा। ऑटो वाला ठीक उसके पास जाकर खड़ा हो गया। बिखरे बालों को हाथ से संवारते, मैं वापिस हो लिया।

ऑटो वाले से गंतव्य तक जाने के लिये किराया तय हो गया था। तभी सुमिता मेरी ओर देखते हुए छोटी अटैची उठा कर आटो रिक्शा में रखने लगी थी तब तक मैं भी नजदीक आ गया था। बड़ा बैग उठाकर सीट के पीछे रखते हुए जब मैं, दूसरी ओर से जाकर ऑटो में बैठने लगा तो सुमिता ने मुझे टोक दिया,

"पापा जी...मैं यहां से चली जाऊंगी।"

"नहीं बेटा...!" मैंने प्रतिवाद किया, "मेरा चलना जरूरी है।"

लेकिन उसने दलील देते हुए कहा, "पापा जी मैं नहीं चाहती आप मेरे पेरेण्ट्स को फेस करें वैसे भी मैं...बिना खबर दिये घर जा रही हूं। समझ तो जायेंगे इतना सामान देखकर मेरे आने का कारण। ऐसे में...आपको कुछ उल्टा-सीधा बोला दिया तो मुझे अच्छा नहीं लगेगा।"

मायूस-सा हुआ अपने बढ़ाये कदम मैंने वापिस खींचे। सुमिता मुझे गलत नहीं लगी। न जाने सुमिता से किस तरह पेश आयें उसके मां-पापा। मैंने अपना डर जताते हुए उससे कहा था कि अगर वे उसके साथ सही बर्ताव नहीं करते तो वह वापिस स्टेशन आ जाये वैसे भी बस दो घण्टे बाद ही मिलने वाली थी।

उसने हल्के से गर्दन हिला दी थी। आश्वस्त तो नहीं हो पाया था। न जाने ऐसी स्थिति में कहां निकल जाये। यह वज़ह थी जो मुझे उसके साथ रहने के लिये बाध्य कर रही थी। स्टेशन तक छोड़ देने का क्या औचित्य।

गुस्से में एकांश ने भी सख्त बोल कह दिये थे, "वापिस आने की जरूरत नहीं...रास्ते में गंगा पड़ती हैं वहीं डूब मरना। मुझे न तो तुम्हारी जरूरत है न बच्चा चाहिए।"

मैं अपाद मस्तक कांप गया था। अभिजीत वंश-वारिस है। यह बात एकांश अभी सोच नही पा रहा। कुछ बुरा घट गया तभी उल्लू के पठ्ठे का दिमाग ठिकाने आयेगा। आशा होती तो बात इतनी बढ़ने ही न देती। एकांश को बहुत अच्छे से जानती बूझती थी। उसकी बेजा हरकतों और सुमिता को दुत्कारते रहने पर वह उसकी खूब अवे-तवे करती। कु-बोल भी बोल देती बाद में भगवान जी की फोटो के आगे माफी मांगती, मिन्नते करती। आखिर मां थी। उसका पेट जाई था एकांश।

मैं आशा की मनोस्थिति समझता था। लेकिन एकांश के सामने निरूपाय ही पाता अपने-आपको। आश्रित जो ठहरे उसके। ठीक है सेवामुक्त होने पर एक मुश्त मिली रकम विकल्प जरूर है लेकिन उम्र की नजाकत और समय की मांग यह गंवारा नहीं करती जो अलग होकर रह सकें हम लोग। अब तो खैर आशा भी नहीं रही।

मन में ख्याल आया फिर से एक नई गृहस्थी जमा ली जाये। भाड़ में जाये एकांश और उसकी बीवी। कोई बेवा तो मिल ही जायेगी। नहीं तो आज की

संस्कृति के चलते लीव इन रिलेशनशिप में कोई न कोई टकर जायेगी। अनायास हंसी तिर आयी होंठो पर।

वैसे ख्याल बुरा नहीं है। सोचते हुए पत्थर की बनी बेन्च में जाकर टिका दिया अपने-आपको, दीर्घनिश्वास लिया और बेन्च की पुश्त से सिर टिका कर आंखें मूंद ली।

आटो में बैठने से पहले बहु ने पैर छुए थे और समय से अपनी दवाईयां लेने की ताकीद भी की थी। मैने भी मुस्कुराने की जबरन कोशिश में मुण्डी हिला दी थी। आटो सर्र से आगे सरक गया था।

कदाचित् मेरी आंखों के सामने सुबह का दृश्य गुजर गया था। जब मैं उठा था तो सुमिता मुझे घर की साफ-सफाई करते दिखी थी थोड़ा ढ़ाढ़स बंधा था। फिर उसने नाश्ता तैयार किया था और एकांश के टिफिन के लिये एक सूखी सब्जी बनाकर चपातियां तैयार कर दी थी लगा था अब सुमिता कहीं नहीं जायेगी। बस नहा धोकर सीधे अपने ऑफिस का ही रूख करेगी। जब शाम को लौटेगी तो बन्द पड़ी अटैचियों से कपड़े-लत्ते निकाल अलमारियों में रख देगी।

चलो एक दुःख भरी क्लेशी रात के गुजर जाने के बाद सुखान्त भरा सवेरा अपनी बांहे फैलाये झूमता गाता नजर आया था।

यह मेरे लिये संतोष की बात थी और मैं बिना किसी तनाव के खुश मग्न हुआ नाश्ता करने लगा था लेकिन बहुत जल्द ही मेरी गफलत मेरा हाथ छुड़ाकर, चिढ़ाते हुए दूर भाग गई थी। जब सुमिता ने मेरे पास आकर कहा था, 'पापा जी मैं जा रही हूं।' मुझे हैरान और सन्न से रह जाने की स्थिति तक पहुंचने का मौका भी नहीं दिया था, सुमिता ने। उसकी गोद में नन्हा इठलाने लगा था। इस समय अक्सर वह मेरे पास ही होता है।

मैने सुमिता को समझाना चाहा था पर व्यर्थ। उसने अपना जाना तय कर लिया के सुर के सामने किसी की न सुनने की जैसे कसम खा ली थी। मैंने चुपचाप दोनों अटैंचियां थाम ली थी, 'अब कुछ नहीं हो सकता।' सोचते हुए बाहर आ गया था।

वैसे भी अब अपने-आपसे ही बातें करते समय गुजारना है। बच्चा था, तो सारा दिन उसी में लगे पता ही नहीं चलता था...कब दिन ढल गया। बेटे-बहू

दोनों के आफिस चले जाने के बाद बच्चे का सारा काम मैं ही देखता था। दूध देना, पानी देना। डाइपर बदलना। उसके साथ खेलना। उसकी चेष्टाओं पर अपनी प्रतिक्रिया व्यक्त करते उससे बतियाना या बाहर अमराई की छईया में टहलना। व्यस्त करके रखा था, अभि ने। अब तो पल-पल भारी जान पड़ेगा। भांये-भांये करता घर भी बच्चे-बहु की अनुपस्थिति में गुहार लगाता फिरेगा।

कोई काम वाली ढूंढ़नी पड़ेगी जो घर का सारा काम निपटाये। मुझे एकांश के वेतन का ख्याल हो आया। पहले तो बहु की तनख्वाह भी घर के खर्चे में लगती थी। अब अकेले एकांश के वेतन से घर का खर्चा नहीं चल सकेगा। जाहिर है अब मेरी जमा पूंजी में सेंधमारी होगी। मेरा अन्दर क्लेशा गया। औलाद सही होती तो आज यह दिन न देखने को मिलता। वैसे भी जब देखों नौकरी छोड़कर बैठा रहता है। सोचता होगा बाप जिस धन पर सर्प बना कुण्डली मार कर बैठा है वो किस दिन काम आयेगा। जबकि इसे पोते के भविष्य के वास्ते संजो कर रखा था। हां मेरे न रहने पर एकांश इस धन का उपयोग कैसे करता। यह तो वही समझे। जहां आंखें मूंदी नहीं कि सभी चिन्ताओ से मुक्त हो गये। यह बात और है कि जब तक हैं सोचना तो लाजमी है।

इसी बीच लगा कोई मेरे पास आया है, 'बहू' फट से आंखें खोलीं। एक आदमी बेन्च के कोने में बैठता दिखा। दीर्घ उच्छवास छोड़ते ध्यान फिर से सुमिता की ओर चला गया।

'हो सकता है सुमिता वापिस आ जाये।' शायद उसके मां-बाप की नाराजगी उसकी मौजूदगी को न सहन कर पाये। कहीं कोई अनहोनी न घट जाये। विचार थे जो थमने का नाम ही नहीं ले रहे थे।

"क्या पता अपने नाती को देखकर उन लोगों का मन बदल जाये। मुझे यह ख्याल ज्यादा पुख्ता लगा। मैं मायूस हो गया। लेकिन यह सोच कर जरूर तसल्ली हुई मां-बेटा सुरक्षित तो रहेंगे।

अन्यमनस्क सी नजरें पास ही खड़े एक ठेले पर चली गई। ठेले वाला चाय छान रहा था। चाय की भीनी-भीनी उठ रही महक से चाय पीने को मन कर आया।

उठा और चाय का गिलास हाथ मे थामे, मैं फिर बेन्च में आकर बैठ गया।

'गर्मी को गर्मी काटे।' सोचते हुए चाय का घूंट अन्दर किया। तीखे मीठे से लगा चाय नहीं शीरा उड़ेल लिया हो मुंह मे। लेकिन इलाईची की खुश्बू से मिठास का अवगुण छिप गया। इधर-उधर देखने लगा। एक बस आकर रुकी थी। सवारियों का रेला बस से यूं बाहर निकला जैसे कोई ठेल रहा हो, उन्हें। पिछली सीट पर बैठी कोई नवविवाहिता खिड़की के बाहर मुंह करके कै कर रही थी। जल्दी से उसकी तरफ से नजरें हटाई। लेकिन आंखों ने जो नजारा देख लिया था, वह स्थाई भाव से मस्तिष्क में जाकर बैठ गया था। चाय फेंक देने का मन हुआ। उतर रहे यात्रियों की ओर निगाहें फिर से जा टिकीं। छत से सामान उतारते उनकी आवाजों का कोलाहल हवा में थिरक रहा था। बस में चढ़ने के लिए लोगों की लाइन भी लग गई थी। उनके चेहरों पर उतर रहे यात्रियों को ठेल कर चढ़ने की आतुरता स्पष्ट दीख रही थी। यह तो बस का कंडक्टर था जो किनारे की तरफ से दरवाजा छेंक कर खड़ा था।

घूंट-घूंट चाय अन्दर करते मेरी निगाहें फिर से पीछे की तरफ उलटी कर रही युवती की तरफ चली गई। वह, वहां से गायब हो चुकी थी। थोड़ा इत्मीनान मिला और गिलास चाय वाले को वापिस देकर जैसे ही मुड़ा। फोन की घंटी टुनटुनाने लगी। पतलून की जेब में पड़े मोबाइल को निकालने के लिये मुझे थोड़ी मेहनत करनी पड़ी।

पिछले बरस ही सुमिता ने बड़ा-सा फोन मेरे जन्मदिन पर उपहार स्वरूप दिया था। याद मात्र से अन्दर टीस-सी उठी। ज्यादा नहीं सोच पाया। सारी तवज्जों फोन पर जो लगी थी। किसका हो सकता है फोन। कहीं एकांश ने ही हालात की जानकारी लेने के उद्देश्य से फोन कर दिया हो। बहु घर छोड़कर चली गई है। शायद यह खबर उसे आहत करे। फोन के डिस्प्ले पर सुमिता का नाम चमक रहा था। एकाएक लगा जैसे लू भरी दोपहरिया में अचानक बारिश की फुहार ने तन-मन अन्दर तक ठण्डा कर दिया हो।

मैंने 'हैलो' कहा तो उधर से उसकी आवाज कानों में गूंजी, "पापा जी कहां है...।"

'आखिर लौट आयी।' मुझे लगा अभी तो वह घर तक भी नहीं पहुंची होगी। बेताबी भरी बेसब्री से मैंने कहा, "यही अन्दर बैठा हूं...।"

"मैं घर की चाबी अपने साथ ले आयी थी...जरा आकर ले लीजिए... प्लीज।" लगा छाती में किसी ने घौल जमा दी हो। मेरा अन्दाज़ा कभी ठीक जगह लगा भी है तो आज सही साबित होता। बेचारगी से कदम उठाते मैं बाहर की ओर चल पड़ा।

तुम वो नहीं

मेरे नाम से मुझे पुकारा गया था। यह जानते हुए भी कि पुकारने वाले अविनाश के अलावा कोई और नहीं हो सकते। लेकिन उनका स्वर मुझे कतई अचीन्हा-सा लगा था। मेरी नजरें जो डाक्टर का एक्सरे उतारने में तल्लीन थी। उसने गर्दन को हल्की जुम्बिश देकर मेरी तरफ देखा था। ऐसी परिस्थितियों में कोई तीसरा भी वहां पर मौजूद हो तो उसकी निगाहें बरबस पुकारे जाने वाले या पुकारने वाले पर चली जाया करती है। बेवज़ह से...।

खैर वह अपने काम में मशगूल हो गई थी। मसलन बहन के मुंह से थर्मामीटर निकाल कर उसके पारे को देखना, सिर माथे पर हाथ रखना। नर्स को बहन का ब्लड प्रेशर चेक करते देखना। यही कुछ था...उसके क्रिया-कलापों में।

ठीक-ठाक कद की गौर वर्ण, चेहरे में गरिमामयी डाक्टरी के पेशे से उपजी आभा के मध्य कहीं उम्र की आहट भी दस्तक दे रही थी। सुती हुई नाक में सुनहरे फ्रेम के चश्में के पीछे ठहरी हुई झील-सी आंखों के सम्मोहन में परछाइयां तिरती दिख रही थीं। सहसा एक बार देख लेने के बाद किसी की भी आंखों का केन्द्र बिन्दु बने, उसके चेहरे से हठ्ात नज़रें हटा लेने की जुर्रत कोई नहीं कर पाता होगा। कम से कम मुझे तो ऐसा ही लगा था। तभी तो मैं उसके शान्त सौम्य चेहरे से नजरें नहीं फेर पा रहा था। जबकि अविनाश जी मेरे पास आकर कान में कुछ फुसफुसा रहे थे। मैंने जल्द ही अपने आपको उनकी आवाज की तरफ

एकाग्रचित किया। फिर सब कुछ समझ लिया का भाव जताते गर्दन ऊपर-नीचे करके उनके हाथ से दवाईयों का पर्चा जो न जाने कब उनके पास आ गया था। पकड़ कर बाहर का रूख किया था। यह सोचते हुए कि डाक्टरानी की आंखें मेरी पीठ से चिपकी पड़ी हैं। बस इसी मुगालते को पाले हुए मैं अपनी उम्र दराजी तक़ाजो की फेहरिस्त को परे धकेल, जबरदस्ती ओढ़ी गई फुर्ति को अपने जिस्म से कसते हुए बाहर निकल आया। न जाने क्यों डाक्टरानी के मात्र एक बार देखने के अंदाज ने मुझे बसन्ती मादकता से सराबोर कर दिया था।

मैंने गम्भीरता से उस समय को दुबारा से याद करना शुरू किया। एक क्षण...दो क्षण...नहीं कुछ ज्यादा ही लम्हों तक हम एक दूसरे को देखते रह गये थे। आखिर वह सकपका गई थी और अपने-आपको व्यस्त करने में लग गई थी।

मुझे झुंझलाहट हो आयी। क्यों खराब रिकार्ड के मानिन्द मेरी सोच की सुई उसी के इर्द-गिर्द घूमने लगी है।

"उंह...।" मैं कन्धे उचकाते हुए दवाईयां लेकर वापिस वार्ड में आ गया डाक्टरानी जा चुकी थी। अन्दर मरीज और तीमारदारों की चिल्ल-पों मची हुई थी। अविनाश कुर्सी पर उकड़ू होकर बैठे थे। मैं दवाइयां अलमारी के ऊपर रखने लगा लेकिन अविनाश जी ने मुझसे दवाईयां ले लीं। जब तक उनके रैपरों या डिब्बियों पर लिखे फार्मूले और कम्पोजीशन सब पढ़ नहीं लेंगे, चैन नहीं मिलेगा...उन्हें। उनकी इस आदत से पुराना वाकिफ हूं, मैं। मन ही मन हंसते हुए उनके पास पड़ी कुर्सी में बैठ गया। लेकिन मुझे लगा, अब चलना चाहिए। अविनाश तो आ ही गये हैं। लिहाज़ा बहन और उनसे विदा लेकर मैं बाहर आ गया।

अविनाश को मैंने कभी जीजा जी के सम्बोधन से नहीं पुकारा। हालांकि उम्र में मुझसे आठ-दस साल का अन्तर तो होगा। बहन भी मुझसे बड़ी है। उसे नाम से ही बुलाता हूं। पता नहीं क्यों मुझे रिश्तों से मिले नामों से एलर्जी सी है। ऐसा लगता है, अपनापन जताने के लिए मैं कोई औपचारिकता निभा रहा हूं। अगर मेरे दिल में किसी के लिए अपनापे की भावना है तो वह बिन्दास होकर बाहर आये न कि औपचारिकताओं की बैसाखी के सहारे रिश्तों में अपनापन तलाशते फिरे। मुझे हाथ मिलाने से ज्यादा अच्छा लगता है, गले मिलना। हाथ तो एक

निश्चित फासला खड़ा कर देते हैं दोनो के बीच। बस् इससे आगे नहीं बढ़ना। रूढ़ीगत् परम्पराओं को न मानने वाला मुझ सा सामने वालों के लिए भले ही अड़ियल हो। मुझे इसकी परवाह नहीं।

कंधे उचकाता मैं लम्बे कारीडोर को धीमे-धीमे टहल कदमी से पार करते जब आखिरी मोड़ तक पहुंचा तो बरबस मेरी नज़रे अंत में स्थित कक्ष के बाहर लगी तख्ती पर चली गई, 'डाक्टर स्टेशन' लिखा था। अनमना-सा अन्दर झांक कर देखा। एक मात्र वही डाक्टरानी जो बहन के चेकअप के लिए आयी थी। अन्दर बैठी दांये-बांये मेज के कोनों को देखती कुछ ढूंढ़ने का प्रयास करती नज़र आयी। न जाने मुझे क्या सूझा कि लपक कर उसके समक्ष जा खड़ा हुआ।

मेरी परछाईं को अपने चेहरे पर पड़ते देख उसने मुंह उठाया। उसकी शान्त झील-सी आंखों में मुझे अपने लिए कुछ अदद प्रश्न तैरते दिखे। क्षण भर के लिए मेरी स्थिति भी विमूढ़ता की तरह हो गई।

'आखिर मैं इसके पास क्यों चला आया।' लेकिन जल्द ही अपने अन्दर उठे भाव को पीछे धकेल सायास बोल उठा, "डाक् साहिबा...मेरी बहन की कण्डीशन, मेरा मतलब वह ठीक हो जायेगी।"

वह कुछ देर मौन रही। जैसे मुझे पहचानने या मरीज की शिनाख्त करने में लगी हों। मुझे बहन का नाम बताना चाहिए था। लेकिन मेरी सोच को धता बताते हुए उसने बड़ी सहजता से कहा, "डोन्ट वरी...।" क्षणांश तक रुकी, फिर बोली, "पेशण्ट को माइनर अटैक आया है। वे जल्द ही रिकवर कर लेंगी।" दरअसल बहन को पैरालिटिक अटैक हुआ था। जिसे अविनाश ठीक से न समझने की वजह से मेडिकल ट्रीटमेण्ट की अनदेखी कर गये। यह तो उन्हें सुबह महसूस हुआ कि बहन चल नहीं पा रही है। फिर भी अस्पताल तक पहुंचते-पहुंचते दोपहर तो हो ही गई थी।

भर्ती की सारी प्रक्रिया पूरी हो जाने के बाद अविनाश ने मुझे सूचित किया था। रेल में आरक्षित जगह मिल पाना तो मुश्किल था। बस पकड़ कर अगली सुबह दिल्ली पहुंच गया था। अविनाश अकेले ही थे, भाग-दौड़ करने वाले। मेरे पहुंच जाने से उन्हें जरूर राहत मिली होगी।

डाक्टरानी ने मुझे बैठ जाने के लिए कहा था और मैं बिना कुछ सोचे-

विचारे उसके सामने पड़ी कुर्सी से चिपक गया था। वह मुझे ही देखे जा रही थी। यूं अपनी तरफ लगातार देखते रहने से मैंने नज़रे फेर ली। ऐसा करते हुए मुझे अपनी शिष्टता पर फ़ख्र हो आया। लेकिन इससे पहले कि मैं अपने बारे में कुछ और सोचता। मौन पसरे कक्ष में उनींदी-सी उसकी आवाज ने मेरे कानों का चौकन्नापन बढ़ा दिया।

"आप कानपुर से है...।" यही तो कहा था, उसने। मैंने उमड़-घुमड़ करती जिज्ञासाओं के बीच में 'जी' कह कर उसके सवाल का जवाब देते उसकी तरफ देखा। अबूझ पहेली सी लगी, वह। मैंने उसके खुलने का इंतजार करना बेहतर समझा।

"मरियमपुर में पढ़े हैं...।" मेरा चौकन्नापन् खरगोश की तरह फुदक कर उसके सामने जा खड़ा हुआ।

वह फिर बोली। मेरी हां या न सुने बगैर, "मुझे पहचाना...।" यह तो तय था कि उसने मुझे पहचान लिया था लेकिन उसकी स्मरण शक्ति की अगाध तीव्रता ने मुझे हैरान जरूर किया अलबत्ता मैं उसको लेकर यादों के समुन्दर में गोते ही लगाता रहा। यह तो अच्छा हुआ मेरी नज़रें उसके कोट में लगे टैग पर चली गई, 'डाक्टर शारदा' लिखा देख मन में उसके नाम का स्मरण करते हुए मेरी समस्त इन्द्रियों ने जैसे मुझे चेताया। मैं बेसाख्ता चीखने पर उतारू होते हुए बामुश्किल अपने को नियन्त्रित करते बस इतना ही कह पाया, "शारदा...। कहीं तुम वही तो नहीं जो मेरे साथ पड़ती थी।" उसने उत्तेजना से मेरे हाथो पर अपने हाथ रख दिए। बिना किसी का ख्याल किए। आखिर वह एक डाक्टर है और महिला।

"सच में दुनिया बहुत छोटी है...। कैसे मिल गये तुम मुझे...और बिल्कुल वैसे ही हो जैसे उस समय थे।"

'यह तो मेरी तारीफ हुई।' मैंने सोचा। अधेड़ होने को आया...अभी भी वैसा हूं जैसा बचपन में दिखता था।

वह पूरे जोश और दम-खम से बोले चले जा रही थी। तमाम बातें थी, उसके पास जो वह कहे जा रही थी। मैं आश्चर्य में डूबा लेकिन मुग्ध-सा हुआ उसे देखे ही चला जा रहा था। मेरे बचपन के किस्से वह यों सुना रही थी जैसे वह पुरखन हो। उसे वे तमाम बातें अभी तक कैसे याद रह गई थीं। मसलन एक

बार ब्लैक-बोर्ड पर कक्षाध्यापिका ने हिन्दी का कोई शब्द लिखने के लिए दिया था। जिसे मैं नहीं लिख पाया तो उसने मेरे टखनो पर फुट्टे चलाये थे और जिस तरह से मैं रोया था शारदा कुछ वैसी ही भाव-भंगिमाएं अपने चेहरे में प्रदर्शित करते हुए, जोरों से खिलखिला उठी थी। मुझे उसका ऐसा करना अच्छा लगा। मैंने भी विस्मृत हुई स्मृतियां खोलकर उसके सामने रख दी। एक बार उसके बैग से मैंने चवन्नी चुरायी थी। वह इन्टरवल के समय ढूंढ़ती रही थी और न मिल पाने से रोआसी हो आयी थी। मैंने अपने जबड़े सख्ती से दबा रखे थे। कहीं नरम पड़ कर कह न दूं कि पैसे मेरे पास हैं। यकीनन उसे पता चलता तो वह मिस से जाकर कह सकती थी। फिर मैं पिटता या कोई सजा भोगता। मैंने यह सब उससे कहा तो उसने नकारात्मकता से सिर हिलाते हुए बस इतना ही कहा, "मुझे नहीं मालूम...।"

"मैं घर जाते हुए इतना डरा हुआ था। कहीं मम्मी ने पैसे देख लिए तो वह जरूर पूछेंगी और मैं कुछ बता नहीं पाऊंगा। पैसे अलग से छीन लिए जायेंगे। इस डर से साथ में चल रहे एक लड़के के बस्ते में मैंने चवन्नी डाल दी थी।"

"ऐसे भी कोई करता है- ?"

"अब उस समय जो दिमाग में आया...वैसा किया।"

उन भूली बिसरी यादों में हम बहुत देर तक मस्ती करते घूमते रहे। मुझे याद है उस समय भी जब हम लोग छोटे थे। उसका साथ मुझे बड़ा अच्छा लगता था। कभी-कभार उसके स्कूल न आने से उस दिन मन ही नहीं टिकता था कहीं।

मैंने शारदा की ओर देखा। अभी तक अपने आप में ही खोई सी बैठी थी। कुछ लोग अपने अतीत से बेतरह जुड़े रहते हैं। हो सकता है शारदा भी कुछ वैसी हो। तभी तो मुझसे मिलने की बेताबी में उसने मर्यादाओं को विश्रृंखलित कर मेरे हाथों को कैसे जकड़ लिया था। इतना सारा जीवन गुजर जाने के बाद भी मैं उसकी यादों में बसा हुआ था। लेकिन यह भी सच है कि मैं उसे कहां भूल पाया था। शायद मेरी तरह वह भी कुछ वैसा ही सोचती होगी जिस तरह से मैं उसको लेकर पजेसिव रहा। लेकिन नहीं...। मैं अपनी सोच को दुरूस्त नहीं कर पाया। उसकी और मेरी जीवन शैली में विपरीत ध्रुवों-सी असमानता होगी। जैसा कि उसने बताया है। उसका पति भी डाक्टर है। जाहिर सी बात है। बच्चें

विदेश में सैटल हैं। इन सबके बीच में वह मेरे लिए कोई अलग तरह की सोच कैसे बना सकती है।

मुझे अपना घर-परिवार और बच्चे याद आ गये, जहां मेरा बड़ा लड़का दसवीं के बाद पढ़ाई में आगे ही नहीं बढ़ पाया। वहीं छोटे ने खरामा-खरामा इंजीनियरिंग में डिप्लोमा हासिल करके बस एक निजी फर्म तक पहुंच यहीं इतिश्री समझ लिया। मैंने भी कौन से प्रतिमान गढ़ लिए हैं। एक लाला की मिल में पूरी जिन्दगी खपा डाली। कभी सिस्टम तो कभी भाग्य का रोना रोकर विरासत में मिले उसी किराये के मकान में रहते, अपने-आपको तसल्लियां देते हुए कि आज नहीं तो कल जरूर बेहतर होगा...इतनी उम्र गुजार दी।

एक अदद अपना घर और चौपहिया वाहन...न जाने कितनी बार इस तरह के सपने देखे होंगे। अब तो लगता है कुछ अच्छा नहीं होने वाला। ऐसे ही खिसकते-लुढ़कते राम नाम सत्य हो जायेगा। मेरी आंखें वाष्पित हो आयी। मुझे अपना बचपन याद आया। दो बहनों के बाद आया था सो चांदी का चम्मच मुंह में लेकर पैदा होने जैसी परवरिश से गुजरा था मैं। इतना लाडला कि उच्छृंखलता की सीमाएं तोड़ रखी थी, मैंने। 'मैया मैं तो चंद खिलौना लैहों' की तर्ज-सा अड़ियल और जिद्दी। सहसा मेरी सोचों को परे धकेलती शारदा की आवाज़ ने मुझे चैतन्य किया।

"जब तक यहां हो...मुलाकात तो होती रहेगी...। मैं रोहणी में हूं...ये मेरा कार्ड।"

कहते हुए उसने बैग से विजिटिंग कार्ड निकाल कर मुझे थमा दिया। मैंने भी उसे अपना नम्बर लिख लेने के लिए कहा तो कुर्सी से उठने का उपक्रम करते-करते उसने किसी आज्ञाकारी बच्चे की तरह मेरा नम्बर अपने मोबाइल में सुरक्षित कर लिया। मुझे अच्छा लगा। हालांकि उससे विजिटिंग कार्ड लेने के बाद मेरी यह हरकत उसके रूतबे के सामने एक हिमाकत थी। लिहाजा अपनी गलती को छुपाने की गरज से, शिष्टतावश उसे बाहर जाने के लिए रास्ता देते स्वयं दरवाजे से सटकर खड़ा हो गया। उसने भी मेरी इस इज्जत अफजाई पर गौर करते हुए अपनी भवें उठाकर आंखें नचायी। मैं उसकी इस चेष्टा पर केवल मुस्कुराया और वह 'बाय' कहते दायीं ओर कारीडोर की तरफ बढ़ गई। मैंने

बाहर का रास्ता नापा। लेकिन उससे अलग होते ही जहां मुझे अपनी दयनीय स्थिति के बारे में ख्याल आया। वहीं उससे हुई मुलाकात एक अविस्मरणीय घटना की तरह मेरे अन्तर मे दर्ज हो गई। मैंने उसी समय यह फैसला लिया, अब दुबारा उससे मिलने से बचूंगा और शुतुरमुर्ग की तरह गर्दन अकड़ाये डग भरता बाहर आ गया।

बाहर अन्दर की अपेक्षा सर्दी अपनी पूरी अलहड़ता से सरगोशियां करती दिखी। मैंने गले से लटका मफलर खींच कर उतारा और अच्छे से सिर को ढंकते हुए स्वेटर के कॉलर में खोंस लिया।

गलन से कुछ राहत मिली तो भूख का अहसास हो गया। घर में कोई खाने का सामान पड़ा होगा। इसकी कोई गुंजाइश नहीं थी। ऐसा सोचते कोई सस्ता सा होटल तलाशने लगा। जहां कम से कम खर्चे में उदर पूर्ति हो सके।

बहन की आर्थिक दशा बहुत अच्छी नहीं थी। अविनाश ने कभी कुछ किया ही नहीं। न नौकरी, न कोई धन्धा। जब तक बिन ब्याहा छोटा भाई था उसकी नौकरी से घर का खर्चा चलता रहा। उसके गुजर जाने के बाद आदमनी का एक मुकम्मल जरिया खत्म हो गया। गनीमत थी कि बहन एक धमार्थ चिकित्सालय में काम करती थी। लेकिन उससे मिलने वाला वेतन नाकाफी था। मैं भी इस काबिल नहीं जो बहन को आर्थिक संबल दे सकता।

बहन का दामाद जरूर पैसों से तगड़ा है। ब्याजी का अच्छा काम है। वह अक्सर रूपये पैसों की मदद कर दिया करता है, और इस मौके पर भी उसने कोई कोताही नहीं बरती। फौरन ही बहन के खाते में पैसा डलवा दिया।

शारदा से निकल आयी जान पहचान की वजह से मैं अगर अस्पताल के होने वाले खर्चों में कोई कटौती ही करवा दूं तो यह मेरी तरफ से बहुत बड़ी मदद साबित हो सकती है। पर यहां दिक्कत यह है कि मैं अपने-आपको अपने मन से ज्यादा जानता हूं। सोचना अलग बात है और कुछ कर गुजरना बिल्कुल ही अलहैदा है, मेरे लिए। जबकि शारदा से दोबारा न मिल पाने का बना चुका मन हालात के आगे घुटने टेकने के लिए मजबूर हो रहा था। बावजूद मैंने अविनाश जी से अगले दिन सुबह अस्पताल पहुंचते ही कहा था कि वे दोपहर तक जरूर आ जाये। लेकिन वे नहीं आये। फिर मैंने भी शारदा से न मिलने की सोच को

तिलांजली देते हुए जो हो रहा है, उसे होने दिया जाये की तर्ज पर अपने आपको छोड़ शारदा से होने वाली मुलाकात के लिए दुरस्त करने लगा। लेकिन शारदा अस्पताल ही नहीं आयी। ऐसा मेरे लिए अप्रत्याशित था। दो बार डाक्टर स्टेशन के चक्कर भी काट आया था। अब फिर उसे देखने के लिए जब वहां पहुंचा तो कक्ष में कोई डाक्टर खड़ा था। मैंने उससे शारदा के बारे में पूछा तो उसने मसरूफियत से बस इतना ही कहा कि वह आज नहीं आ रही है। मैं उसके जवाब से और ज्यादा असहज हो गया। बल्कि दीन-हीन सा महसूस किया। आखिर मुझे क्या जरूरत पड़ गई शारदा की जो इस तरह से उसके लिए आतुर हुआ पड़ा हूं। अन्मना-सा हुआ वापिस वार्ड में आ गया। बेन्च में बैठते हुए बहन पर नज़र गई वह पूर्ववत सो रही थी।

मुझे खासी कोफ्त हो आयी। आज न आने के बारे में शारदा ने कोई बात तो की ही नहीं थी मुझसे। पर अगले ही पल मैने सोचा, मुझमें इतनी तवज्जो क्यों दिखाएगी जो अपने प्रोग्राम डिस्कस करती फिरेगी। मुझे खीझ-सी हो आयी। फिर भी शारदा की अनुपस्थिति से मन में कुछ रीतता-सा महसूस होने लगा।

'बेटा इतनी अकुलाहट किसलिए।' सिर में झांकती सफेदी का ख्याल आते ही बरबस मुस्कुरा उठा मैं।

क्या पता बचपन का संग साथ इस उम्र में कोई गुल न खिला दे। सोचते हुए पतलून की जेब में पड़ा मुड़ा-तुड़ा उसका कार्ड निकाला। पढ़ा और उलट-पुलट करने लगा। आखिर मन नहीं माना तो उसे फोन करने का विचार जो ज़ेहन में डुबकियां लगा रहा था उसे पूरा करने में लग गया। घण्टी बजती सुनायी देती रही। पर फोन नहीं उठा।

"हद है यार ऽऽ...।" झुंझलाहट हावी होने लगी, मेरे ऊपर। उससे दुबारा न मिल पाने का निर्णय मेरी हंसी उड़ाता नज़र आ रहा था। ऐसा भी क्या कि नौबत फोन करने तक पहुंच गई। मायूसी-सी तारी होने लगी। काश अविनाश आ गये होते तो शायद मेरी बेताबी का बेशर्मीपन इस तरह से जाहिर न होता।

मैंने सिर झटक कर अपने को इस स्थिति से बाहर निकालने का यत्न किया। इस कोशिश में निगाहें बहन से होते हुए बगल वाली शायिका पर लेटी एक महिला पर चली गई। वह हल्के-हल्के कराह रही थी। जरूर तकलीफ में होगी।

मैंने दायें-बायें देखा शायद किसी मरीज के पास नर्स दिखलाई पड़ जाये। पर सभी अपने तईं किसी न किसी क्रिया-कलापों में संलप्त दिखें। मैं वापिस अपने पास लौट आया तो लगा मुझे भूख लग आयी है। खाने के ख्याल से मुझे सुबह का वक्त याद आ गया। रात एक ढाबे में खाना खाकर काम चला लिया था। लेकिन सुबह चाय की तलब ने मुझे परेशान कर दिया था। घर से बाहर आकर चाय की तलाश में कुछ देर दायें-बायें टहलता रहा था। एक भी चाय की गुमटी नजर नहीं आयी थी। अपने शहर में होता तो न जाने कितनी दुकानें चाय की दिख जाती। यह तो राजधानी है। बड़े-बड़े होटल गर्दन अकड़ाये जरूर दिखे। ठिठुरती सुबह में गर्म पानी पीकर चाय का टोटका पूरा किया। फिर खाली पेट ही तैयार होकर घर से निकल पड़ा था। पुलबंगश के पास एक ठेलिया में चाय बेचते आदमी को देखा तो लगा जैसे मूर्छित होते-होते किसी ने संजीवनी सुंघा दी हो। दो गिलास चाय के साथ बन पेट के हवाले कर मैं तृप्त मन से अस्पताल आया था। बहन पहले से कुछ बेहतर लगी थी। लेकिन उसके शरीर का दाहिना हिस्सा अभी भी जस का तस मालुम हो रहा था। पेशाब के लिए नली तो लगी थी। बाकी कामों के लिए अविनाश जी थे ही।

कितनी तकलीफ से गुजर रही होगी। बहन के लिए सोचते हुए संवेदना से भीग गया ओर उससे जुड़ी बीती बातें मन में दोहराने लगा तभी फोन बज उठा। डिसप्ले पर अभी कुछ देर पहले से शारदा को किया गया नम्बर देखकर एक अंजान सी खुशी की अनुभूति से बदन का ज़र्रा-ज़र्रा पुलकित हो उठा।

मेरे हैल्लो बोलने से पहले ही उसका व्याकुलता से भरा स्वर मेरे कान के पर्दे से टकराया, "क्या हुआ...दीदी ठीक है न ऽऽ...।" उसके सवाल से मैं असमंजस में पड़ गया और यह भी अहसास हुआ, मेरे फोन को देखकर बहन की तबीयत कुछ ऐसी वैसी हो जाने की आशंका से विह्ल हो उठी है। मुझे उसकी चिन्ता जहां वाजिब लगी वहीं किसी कोने में सुखकर की प्रतीति भी महसूसी और बड़े सहज भाव से कह गया, "तुम नहीं आयी...इसलिए फोन किया था।"

"ओह ऽऽ...।" साथ ही उसके खिलखिलाने की आवाज घण्टियां सरीखी मेरे ज़ेहन में ध्वनित हो उठी।

वैसे हमारे दरम्यान कोई बरसों पुराना दोस्ताने जैसा कुछ था, नहीं। वही बचपने में बीते चंद एक साल थे जिसे उसने अपने भीतर बड़ी शिद्दत से सहेज रखे थे। जो अचानक एक दूसरे के मिल जाने से ऊष्मित हो गये थे।

ऐसा भी नहीं है कि मेरी यादों में शारदा विस्मृत हो गई थी। एक वही तो थी, जो सारे सहपाठियों के बीच में अभी तक उसी बचपन की तस्वीर लिए मेरे ख्यालों में जीवंत पड़ी थी। तीव्रता से उसके सानिध्य की जरूरत महसूस की। गनीमत थी जो उसने शाम को अपने घर आने का न्योता दे दिया था। अभी शाम होने में वक्त था। सच ही है, इंतजार की घड़ियां बड़ी लम्बी होती हैं।

अविनाश जी के आने से पहले बहन को अकेला छोड़, जा भी नहीं सकता था। बहन की नींद भी उचाट हो गई थी। फोन में शारदा से हुई बातो से उसने अंदाजा लगाते हुए पूछ ही लिया, "डाक्टरानी से बात हो रही थी।" मैंने संक्षिप्त हां से काम चलाया। फिर वह इधर-उधर की बातें करती रही। इन बातों में अस्पताल के खर्च की चिन्ता बीमारी की फिक्र से ज्यादा दिख रही थी। मैंने उसे ज्यादा न सोचने की नसीहत देते हुए बस इतना ही कहा, "सब निपट जायेगा...।" हालांकि मुझे अपनी जेब के बारे में खूब अच्छे से पता था। जितना लाया था, उसमें से दवाइयों में काफी खर्च हो गया था। इतना शेष नहीं था जिससे अस्पताल के बिल में हिस्सेदारी निभाते अपने को खैरख्वाह साबित कर पाता। ले-देकर इंदर का चेहरा ही घूम रहा था। अब उससे मांगे कौन। यहां आया हूं तो मैं ही कुछ करूंगा। जरूर ऐसी सोच अविनाश जी या बहन ने अपने मन में पाल रखी होगी। जीजा जी का नकारापन फिर एक बार मेरे सामने आ गया। ऐसे ही नाजुक वक्तों में जोड़ सहेज कर रूपये पैसे, जमीन-जायदाद की अहमियत समझ में आती है। यहां का बिल भी कोई कम थोड़े ही बनेगा। कहां से इंतजाम होगा। अविनाश से बात करनी पड़ेगी। अगर मेरे बारे में कोई धारणा लेकर बैठे होंगे। उसे दूर करना जरूरी है। लेकिन अपनी तरफ से कुछ न कर पाने की कचोट ने मुझे मायूस कर दिया। ऐसे आड़े वक्त में अपने ही काम आते हैं। ठीक है कि मैं इस लायक नहीं हूं। पर इतना गया गुजरा भी नहीं हूं जो बहन की इस तंग दस्ती में अपना हाथ न बटा सकूं। पत्नी के एक आध गहने रेहन रखने से जो मिलता बहन को दे सकता था, "पर...।" इससे आगे नहीं सोच

पाया सिवाय इसके कि मैं खुदगर्जी का पर्याय बन गया हूं।

अविनाश जी तीन बजे के आस-पास आये थे। मेरे लिए कुछ खाना लेकर। बहन को अस्पताल की तरफ से खाना मिल रहा था। हालांकि अविनाश का लाया हुआ खाना तीखा-मसालेदार होने की वजह से मेरे लिए तकलीफ देह साबित हो सकता था। लेकिन भूख के आगे नत्मस्तक हुआ चुपचाप खा गया।

वार्ड में गुमनामी सन्नाटा छाया हुआ था। कुछ देर चुप बने रहने के बाद मैंने रोहणी जाने के उपक्रम में अविनाश जी से वहां तक पहुंचने का पूरा ब्योरा लिया। उन्होंने भी बिना, कोई किन्तु के बड़े ही इत्मिनान से पूरा रूट समझा दिया। तीस हजारी से रोहणी तक जाने के लिए मैट्रो सबसे सस्ता और सुगम जरिया था। लेकिन उस बेचैनी का क्या करूं जो फोबिया की तरह मेरे अन्दर तारी हुई पड़ी थी। पैसों का मुंह न देखना होता तो आटो रिक्शा से अच्छा और सरलतम विकल्प कोई और नहीं था। लेकिन शारदा से मिलने की उत्तेजना ने जल्द ही मेरे अन्दर की दहशत को दबोच लिया और मैं अपने आपको मैट्रो के हवाले कर वहां तक पहुंच ही गया।

शारदा फ्लैट का दरवाजा खोलते हुए बिन्दास अन्दाज में बाहर आयी। लेकिन आश्चर्य...मेरे अन्दर दाखिल होते ही उसने अस्पताल न आने के बावजूद भी बहन की तबीयत का तप्सरा मेरे सामने नश्र कर दिया।

"यार घर पर हूं...लेकिन इसका यह मतलब नहीं कि पेशण्ट्स से अपने आपको अलग कर दूं।" कुछ देर का विराम देते हुए उसने कहा, "दीदी की बात करूं तो वे नार्मल हैं...।" बहन मुझे भी ठीक लगी थी।

"मैं सोच रही हूं कल इन्हें डिस्चार्ज कर दूं।"

"क्या...।" अपनी आवेशित प्रतिक्रिया की डोर को खींच कर मैंने अपने को सयंमित किया।

"अब शारदा से कैसे मिलूंगा।" बहन घर पर आ गई तो मेरे यहां ठहरने की वजह भी बेमानी होगी। वही तो शारदा से मिलने का जरिया बनी। पर इसके ठीक समानान्तर चल रही अहम् सोच कि अस्पताल का बिल भी ज्यादा नहीं बनेगा। ज़ेहन में बनी चिन्ता को सकून मिला।

कोई बात नहीं...शारदा से एक बार जुड़ गया हूं तो उसे ज़ाया नहीं करूंगा।

इस बीच उसने किसी को आवाज दी थी। कोई बीस-बाईस साल की सांवली-सी लड़की अन्दर के कमरे से नमुदार हुई थी। जरूर काम वाली होगी। शारदा ने उसे कॉफी बनाने के लिए कहा था। फिर इधर-उधर की बातें चलने लगी। ज्यादातर वही बातें कर रही थी लगता था, जैसे अनकहे शब्दों का अकूत गुब्बार दिलों-दिमाग में भरा है, उसके।

मैंने बीच में अवरोध उत्पन्न करते हुए उसके अस्पताल न आने का कारण पूछा। बहुत बड़ी वजह तो नहीं थी सिवाये इसके कि उसका डाक्टर पति विदेश जा रहा था। मुझे उसका कथन सन्तुष्ट नहीं कर पाया फिर वह भी गुम सुम-सी हो गई। जरूर कुछ और बात होगी। मैंने सोचा लेकिन तभी उसकी आवाज सुन, मैं सर्तक हो गया।

"पोस्ट और पोजीशन कितनी ही हाई-फाई क्यों न हो जाये पर इण्डियन वूमेन की कण्डीशन कभी नहीं बदल सकती।" मुझे लगा शायद यह शारदा के दाम्पत्य जीवन का सेप्टिक स्पाट है। जिस पर मलहम लगाने का यह अचूक अवसर है।

"तुम ठीक कह रही हो...हमारे कल्चर की बुनियाद ही ऐसी है।" मैं रुका। देखना चाहता था उसके चेहरे में आये भाव क्या प्रकट कर रहे हैं। लेकिन वह निष्प्रभावी लगी। मैंने उसे कुरेदना चाहा, "कहीं तुम्हारा इशारा डाक् साब से तो नही है।"

"अरे नहीं यार...। ऐसा क्यों कहा...।" उसके चेहरे में हंसी करवटें बदल रही थी।

"तुम्हारी इण्डियन वूमेन की फिलास्फी से...।"

"यह तो जीवन के राग हैं।" मेरी बात को बीच में विराम देते हुए उसने कहा, "जो टाइम टू टाइम अपना सुर बदलते रहते हैं।"

मेरी सोच दकियानूसी हो आयी। यही कि उसके मन में जरूर अपने पति के लिए कोई नकारात्मक भाव है। हालांकि मैं अपनी सोच में दुरूस्त नहीं रह पाया।

आमतौर पर घर-गृहस्थी में पति-पत्नी के बीच रार-तकरार, मन-मुटाव और एक दूसरे को लेकर तनावकशी तो होती रहती है जैसा कि अभी कुछ समय पहले शारदा ने भी ऐसी ही दलील देकर मुझे समझाना चाहा था कि उसके

दाम्पत्य में ऐसी-वैसी कोई बात नही हैं।

मेरे ऊपर निराशा-सी हावी होने लगी। आखिर उसकी लाइफ स्टाइल, स्टेटस और प्रोफेशन के सामने मैं बित्ता भर भी नहीं हूं। फिर भी इन तमाम सोचों से परे शारदा को लेकर जिस अनुभूति का अनुभव मैं करने लगा था उससे उत्साहित हुआ था, मन में टूटी पड़ी वीणा के तारों को जोड़ने में लग गया। क्या पता कोई साज मोहब्बत का निकल ही आये। वैसे भी शारदा की प्रकृति की उन्मुक्तता से मुझे यह बार-बार लग रहा था कि वह इस मामले में इतनी जटिल नहीं होगी। फिर उसका बेबाकपन मेरे हौंसलों को उकसा रहा था।

मैं मौका तलाशने लगा कि जब अपने मनोभाव उस पर जाहिर कर सकूं।

खाना खाकर जब मैं चलने लगा तो बाहर तक शारदा मेरे साथ चली आयी। दरवाजे से निकलते हुए हम दोनों एक दूसरे से सट गये। इस प्रक्रिया में मेरे हाथ का स्पर्श उसकी हथेली से हो गया। मैंने तपाक से उसका हाथ थाम लिया। उसकी तरफ से कोई प्रतिवाद या प्रतिक्रिया नहीं हुई।

मेरे मन्सूबों को हवा देने के लिए यह मौका किसी उपलब्धि से कम नहीं था। उसकी गर्म गुदाज और नर्म हथेली मुझे किसी सरूर के आगोश में ले गई और तमामतर शक्तियों को एकत्रित करते हुए मैंने अपने साहस को उसके सामने ला खड़ा किया, "शारदा एक बात कहूं...।" मुझे लगा मेरे शब्दों में शुष्कता आ गई जो मुझे जल्द ही मैदान छोड़ कर भाग जाने में विवश कर देगी। इससे पहले कि कुछ घटित-सा हो जाये, मेरी बेशर्मी पूरी तरह से बेहयाई पर उतर आयी। "तुम मुझे बहुत अच्छी लगती हो "सच...।" इतना सुनना था कि शारदा ने खुलकर एक ठहाका हवा में उछाला। मैं झेंप गया और पसीज आयी हथेली को उससे अलग करते हुए मरियल पिल्ले के किक्याने जैसी आवाज में बोला, "अगर तुम बहुत पहले मिली होती शायद मैं तुम्हें प्रपोज कर चुका होता।"

"तोऽऽ...। अभी कर दो...।" शारदा मुझे देखते हुए कुछ इस तरह से बोली कि मेरी हिम्मत के घोड़े रास छुड़ा कर भाग खड़े हुए। कोई जवाब नहीं सूझा तो दीदे फाड़ कर इधर-उधर देखने लगा।

"क्या सोचने लगे..." शारदा के सवाल से उसकी ओर देखा। दरक आये बेशर्मी के नकाब को अपनी हथेलियों से चिपकाते हुए कहा, "झूठ नहीं कह रहा

हूं।...काश ऐसा हो सकता।" मेरे चेहरे पर चढ़े नकाब में छिपकलियों मानिन्द मुस्कान रेंगने लगी थी।

"दो दिन की मुलाकात में...यहां तक सोच लिया...।" उसकी आंखों में कुछ था। धिक्कार...नहीं! नफरत...नहीं! शायद मेरी सोच पर निराशा से डूबी हुई ग्लानि कि जहां से मुझे वह खोज कर लायी थी। मैं वो नहीं था।

www.ingramcontent.com/pod-product-compliance
Lightning Source LLC
LaVergne TN
LVHW090417051026
849518LV00006B/2359